탈북작가 공동 창작집

–우리가 생각하는 지금 북한 2023

당신은 지금 어디에 있나요?

탈북작가 공동 창작집
-우리가 생각하는 지금 북한 2023

당신은 지금 어디에 있나요?

이지명 김유경 김정애 도명학 위영금 지음
방민호 해설

예옥

차례

어떤 죽음

이지명

북한에서도 작가로 활동했으며 중국을 거쳐 한국에 들어와 정착한 후 소설 작업에 매진하고 있다. '북한 망명펜' 등에서 활동하면서 다수의 장·단편소설을 발표했다.
『포 플라워』(2014), 『두 형제 이야기』(2021) 『철과 흙』(2023) 등의 장편소설, 「복귀」「안개」「오순의 엄마」「인간향기」「금덩이 이야기」 등 이십여 편의 단편소설이 있다.
장편소설 『삶은 어디에』가 2009년 1월 KBS 한민족방송 31부작 라디오 드라마로, 단편소설 「금덩이 이야기」가 2017년 3월 KBS 라디오 문학관 단편 드라마로 제작되기도 했다.

2023년 4월, 함경북도 어랑군 읍에서 범죄자가 쏜 총에 맞아 네 명의 보안원이 사망하는 사건이 터졌다. 무기 소지를 엄격히 금하는 사회주의의 안방에서, 그것도 수령제 일주의 국가의 내부에서 터진 총격 사건은 세인을 놀라게 했다. 대체 무슨 얽힌 사연이 순식간에 네 생명을 빼앗게 했는지, 처음엔 군 보안서 구류장 쪽에서 두 방의 총성이 울렸다. 구류장에 들어온 보안서원의 총을 빼앗아 즉각 두 서원을 사살한 범죄자는 열린 문으로 탈출해 인근의 건설 중인 아파트 건물 안으로 들어갔다. 비상이 걸린 보안서는 인근 공항에 주둔한 군대까지 동원해 겹겹이 건물을 포위하고 죄어들었다. 그러나 이성을 잃은 범죄자에 의해 다시 두 명의 보안서원이 사살됐다. 이어 울린 마지막 총소리는 살인자가 스스로 생명을 끊는 자결의 총소리였다.

한창 만물이 소생하는 봄날에 터진 끔찍한 사건을 두고 보안서는 물론 군부까지 나서서 부산을 떨었지만 어인 일인지 주민들의 얼굴은 별 변화가 없이 무덤덤했다.

그날 밤,

어떤 젊은 여자가 자결한 죄수 박철영이 살던 집 문을 열고 소리 없이 들어섰다. 여자는 한동안 까딱 움직이지 않고 바닥에 서서 방을 살폈다. 다음 천천히 윗방에 들어간 여자는 테이블 위에 펼쳐진 채로 놓여있는 노트를 이윽히 들여다보았다. 박철영의 자필인 듯 빼곡하게 들어찬 글줄을 따라 여자의 눈이 천천히 움직였다. 조금은 놀랄 문장 같았으나 그 얼굴엔 아무런 표정도 없었다. 마치 이 모든 일이 일어날 것을 이미 다 알고 있었던 사람처럼,

＊

-이 글을 누가 읽을 때면 나는 이미 죽었을 것이다. 나는 곧 사람을 죽일 것 같다. 왜냐면 나는 내가 왜 체포될 수

밖에 없는가를 잘 알기 때문이다. 군대에서 제대될 때처럼 아무것도 모르고 잡혀가는 것도 아니다. 나는 이 세상에 설 자리도 살아갈 자격도 상실한 참으로 재수 빠진 놈이다. 형처럼 그렇게 속수무책으로 끌려가 짐승처럼 살기는 싫다. 내 앞을 막는 자는 무조건 죽인다. 그렇게 사람까지 죽이고 나면 나는 죽어서도 저주받을 살인마로 낙인찍힐지도 모른다. 하지만 괜찮다. 후회도 없다. 내 소중한 삶을 농락당하고 더는 내 생을 연장할 필요가 없는 시점에서 나는 나를 이렇게 만든 이 세상을 저주할 뿐이다. 다만 내가 왜 이렇게 행동할 수밖에 없냐는 물음에 답을 줘야 한다는 생각에서 이 글을 남길 결심을 했다.

　나는 대체 누군가부터 쓰고 싶다.

　나는 25년 전인 1998년, 이른바 '고난의 행군'이 한창일 때 세상에 태어났다. 동지섣달인 12월 22일 오후, 그 추운 날 나는 따뜻한 온돌방이 아닌 장마당에서 첫울음을 울었다. 생계를 위해 동지팥죽을 팔던 어머니는 장마당 귀퉁이에서 나를 해산하곤 곧바로 세상을 뜨셨다고 했다. 그때부터 난 홀아버지의 손에서 형과 함께 자랐다. 날 죽이지 않으려 젖동냥을 하며 문전걸식한 아버지의 고생은 말로 다 형용할 수 없었다지만 나는 유년기에 접어들며 거지처럼 사는 아버지를 원망하며 청개구리처럼 놀아댔다. '꽃제비'들 무리에 끼어 시장에 앉은 아주머니들의 떡이나 빵, 꽈배기 그릇을 가로채 먹고 철도역에 나가 군량미 포대를 째고 쌀을 훔쳐 씹다가 붙잡혀 피 튀도록 두들겨 맞고 구류장에 갇히기도 했다. 그때마다 데리러 온 아버지는 나를 품에 안고 우리 집안은 대대로 나라를 위해 몸 바친 열사 집안이라며 이렇게 살아서는 못 쓴다고 눈물로 호소했다.

"그럼 밥을 주시오. 배만 부르면 내 아부지 말을 잘 듣겠음다."

주먹 대신 눈물진 얼굴로 애처롭게 바라보는 아버지에게 내가 던진 말이다. 그 때문에 아버지가 아닌 손 위 형에게 죽도록 맞았다.

그러던 어느 날, 구질구질한 똥물만 가득 찼던 내 가슴에 한 가닥 햇볕이 비쳐들었다. 그건 햇빛이라기보다 부지불식간 내게 와준 새로운 인생의 꽃 대문이었다고 해야 맞을 것이다. 대충 중학교를 마치자 이내 군 신체검사를 받았고 곧바로 군복을 입고 입대했다. 행운이었다. 배치된 부대도 일반부대가 아닌 평양에 주둔한 호위국이었다. 꿈만 같았다. 가난과 한숨만 흐르는 방구석 출신 꽃제비 아이가 호위국에 입대했다. 군복도 멋졌다. 일반 부대에서 별을 단 군관만 쓰는 평상 모를 썼고 가죽으로 된 반도에 무릎까지 올라오는 장화까지 신은 내 모습은 꼭 신화에 나오는 장군의 모습이었다. 사람이 갑자기 이렇게 달라져? 먹는 문제 같은 건 신경 쓸 필요도 없었다.

나는 나를 바꿔준 노동당을 그때처럼 고마워 해보긴 처음이었다. 가슴에 차고 넘친 희망찬 미래와 그로부터 차오르는 성취감에서 오는 환희를 안고 나는 자식으로 태어나 처음으로 아버지에게 편지를 썼다. 모란봉구역 개선문 앞에서 찍은 군복 입은 사진까지 동봉해 등기로 부쳐 드렸다.

아버지의 답장도 감동이었다. 평생의 소원이 마침내 이루어졌다면서, 왜정 때 머슴꾼의 후손이 장군님을 호위하는 별이 되었으니 이게 꿈이냐, 생시냐며 이제부턴 하늘보다 높고 바다보다 깊은 위대한 영도자와 당의 사랑에 한 목숨 다 바쳐 충성하라고 썼다. 편지지가 얼룩진 것을 보면 아마도 아버지는 눈물을 떨구며 한 자 한 자 쓰신 것 같았다.

"알겠습니다. 아버지 그렇게 하겠습니다."

나는 하늘을 우러러 맹세했다.

3년 후 나는 호위국에서도 정수인 친위대원으로 발탁됐

다. 처음엔 장군님 집무실 보초를 서다 곧 무장 호위 성원이 되었다. 아무나 누릴 수 있는 혜택이 아니었다. 아무나 가질 수 있는 자격도 아니었다. 마치 하늘을 잡은 듯 아니 저 무한한 하늘에 내가 날아오른 셈이다.

장마당에서 빵이나 속도전 가루 떡을 가로채 먹던 '꽃제비'가 당에서 준 총을 들고 위대한 영도자의 친위대원이 되었으니, 믿을 수 없었다. 그러나 그건 꿈이 아닌 현실이어서 날아오른 하늘이 그렇게 좁아 보이기는 그때가 처음이었다.

올 새해에 접어들며 나는 형으로부터 아버지의 사망 소식이 적힌 편지를 받았다. 슬펐지만 울지 않았다. 그건 혁명 도상에서 일어나는 소소한 개인사라는 생각에서였다. 그때까지만 해도 내 가슴엔 내가 호위하는 위대한 영도자의 안위 외 다른 어떤 것도 자리 잡을 틈이 없었다. 정치 학습시간에 늘 교육받는 지론이기도 했다. 혁명 전사는 어떤 환경과 역경 속에서도 오로지 수령의 안전만을 최우선 순위에 놓고 생각하고 행동해야 한다는 것을, 만약 총탄이 빗발치는 전투현장에서 수령과 친어머니 중 누구를 구해내야 하느냐고 묻는다면? 질문이 끝나기도 전에 병사들은 저마다 손을 들고 수령이라고 대답했다. 잠시 잠깐 생각할 틈도 없이 거침없이 대답하는 모습들 속에 나도 당당하게 끼어있었다. 친위대원이면 그건 응당한 대답이고 행동이었다. 전사라면 인간이 소유한 근본과 도덕, 윤리 따위에 매어서는 안 되었다. 감정이나 감성 따위도 금물이었다. 스스로 찾은 진리는 아니지만, 어쩌면 인위적으로 강요된 철저한 훈육과 가혹한 규율 속에 자신도 모르게 습득한 또 다른 모습이었을 것이다.

나는 형에게 알겠다는 답장을 보냈고 이내 기억에서 지웠다. 형이 이해하면 좋고 못 한다 해도 할 수 없는 것이다.

아버지의 사망 후 나는 더더욱 내게 주어진 군인의 본분에 충실했다. 그러나 나의 그 열정이 얼마 되지 않아 바람 앞의 촛불처럼 속절없이 꺼질 줄 누가 알았으랴, 뜻밖에 닥쳐온, 전혀 예상 밖인 무서운 사건이 그때까지 승승장구하던 내 앞길에 사람의 힘으론 밀어낼 수 없는 먹구름으로 사정없이 밀려 왔다.

겨울이 갓 지난 올 3월 초, 뜻밖에도 내게 제대 명령이 떨어졌다. 봄을 맞아 새싹이 움트는 계절이지만 스산한 바람이 을씨년스럽게 불어치는 날이다. 내 나이 스물다섯, 만기제대를 하려면 아직 삼 년 정도 더 남았는데 왜? 갑자기 당한 일에 나는 당황할 수밖에 없었다. 이유를 물을 사람도 없었다. 누구든 마주 서면 나를 피하는 눈치다.

황당한 마음도 정리하지 못한 채 나는 평양을 떠나 청진도 노동청에 도착해 배치 장을 받았다. 청진공항(어랑 비행장) 활주로 보수작업반에 배치받고 나서 나는 쓸쓸한 기분으로 고향인 어랑군에 내려왔다. 청진공항은 내 고향인 어랑군 읍에 있다. 국내를 오가는 항공사지만 모든 것을 군부에서 장악 통제하는 곳이었다. 출근했으나 뒤숭숭한 마음 때문인지 일이 손에 잡히지 않았다. 아버지도 없는 빈집에 퇴근해 대충 저녁을 때우고 자리에 누우면 아버지가 그리워 펑펑 눈물을 쏟았다. 장례 때 내려와 보지도 못한 죄책감이 밀물처럼 밀려들었다. 때로는 아버지가 없는 현실이 다행이라는 생각도 들었다. 조기제대로 쫓겨 내려온 내 처지가 그딴 생각을 부른 것 같다. 그처럼 하늘을 다 가진 듯 사진까지 동봉한 자랑편지를 보낸 것도 지금 보면 어리석기 짝이 없는 일이었다. 입대할 때 무슨 큰일이나 칠 것처럼 왜가리처럼 대가리를 빼 들고 군 복무 잘하라 당부하던 아버질 보지도 않고 떠나가던 때가 환영처럼 떠올랐다. 1m 남짓한 쑥대에 어쩌다 기어올라 내려다보는 세상이 하도 넓어 대통을 터트렸다는 민충이 같은 그 꼴을 보고

아버진 무슨 생각을 하셨을까,

첫 편지 이후 근무가 바쁘다는 핑계로 편지도 자주 못 드렸다. 기껏 해 1년에 한 번 정도였다. 편지할 때 사과는 했다. 그럴 때마다 아버지는 괜찮다며 그저 네가 무사히 군 복무를 잘 마치고 명예롭게 제대하는 게 더 중요하다고 하셨다. 솔직히 바쁘기보단 지지리도 못살던 그 시절이 떠올라 집이 집 같지 않고 아버지가 아버지같이 생각되지 않아 그랬었다. 사람 축에도 못 끼던 나를 군복까지 입혀 세상 앞에 당당히 내세워준 노동당의 품이 죽도 변변히 못 먹여주던 초라한 아버지 위에 버젓이 군림해 아버지를 한없이 초라하게 만들었던 것 같다. 그런데 지금 그 초라함이 다시 내 몫이 되고 말았다. 만약 아버지가 생존하셨다면 어떤 반응을 보였을까! 뻔한 상상이다. 정작 아버지의 체취가 배인 아랫목에 등을 붙이니 별의별 생각이 다 떠올랐다. 절로 눈물이 났다. 아버지가 돌아가셨다는 형의 편지를 보고도 흘리지 않던 눈물이다.

며칠째 잠자리에 들기만 하면 눈물을 쏟던 그때만 해도 나는 누군가 내 일거수일투족을 예리하게 감시한다고는 생각지 못했다. 눈물을 흘리다가도 문득 솟구치는 자신감에 자리를 박차고 일어서기도 했다. 그러곤 미친놈처럼 빙 빙 방안을 맴돌았다.

그래, 내겐 누구도 함부로 무시할 수 없는 화려한 경력이 있다. 수령의 친위대원, 설사 절해고도에 갇혔다 해도 절대 축 잡혀 오금을 꺾으면 안 되는 경력을 가진, 그게 바로 나다. 어디라고 감히?

정말이지 그건 세상을 모르고 쑥대에 올라앉아 우쭐대는 민충이의 어처구니없는 자신감이었을 뿐, 그 자신감이 곧 저주로 바뀌는 일이 닥쳐왔다.

휴식 날 나는 형을 만나러 길주로 내려갔다. 어랑 읍에서 길주까지는 열차로 다섯 정거장 거리다. 형은 작년 10월에 결혼해 길주읍에 살고 있다는 걸 편지로 알렸다. 형수는 세월이 주는 고통에 허덕이며 한마을에서 함께 자란 내 중학교 동창 은주다. 둘은 결혼 후 중국 거래가 잦은 혜산과 가까운 길주읍에 거처를 정했다고 한다. 솔직한 심정이지만 그때 나는 속으로 얼마나 놀랐는지 모른다. '꽃제비' 시절 나와 함께 시장 구석을 누비던 은주가 생각나서 그렇게 놀랐는지 모른다. 일찍이 부모를 여읜 은주는 나를 무척 따랐다. 군대로 떠나갈 때 나를 바래어주며 눈물까지 보였었다. 하지만 나는 그러는 은주를 예사롭게 대했다. 갑자기 닥친 아름찬 성취감에 젖어 은주의 속마음까지 헤아려

볼 여유가 내게는 없었다. 그 후 아버지를 통해 주소를 알았다며 은주가 여러 통의 편지를 보냈지만 나는 단 한 번도 회답하지 않았다. 여자라는 상대의 애틋한 마음보다 친위대원의 긍지와 의무가 더 소중해서였다. 그러나 지금은 잊었던 그 모든 것이 한꺼번에 떠오르며 참을 수 없는 충동을 일으켰다. 나는 와락 달려들어 은주를 포옹하려 했다. 하지만 은주는 서늘한 시선으로 거절하며 가볍게 제지했다. 비로소 정신을 차린 나는 확 붉어진 얼굴을 돌리며 급히 물었다.

"형은, 어디 갔소?"

은주는 깊은 한숨을 쉬고는 사이를 두고 말했다.

"철영아, 형은 집에 없어. 모르고 왔어? 지금은 이 세상 사람이 아닐지도 몰라."

"뭐라고? 그게 무슨," 확, 무언가 나를 감쌌다.

"근데 철영이 넌 어떻게 왔어? 제대할 나이도 아닌데."

땅, 한 대 주어 맞은 듯 머리가 땡 해졌다. 그걸 뭐라고 설명할지,

잠시 후 우리는 남대천 기슭을 함께 걸었다. 길주 펄프 공장에서 나오는 폐수가 섞여 검붉은 색을 띠고 흐르는 물을 물끄러미 들여다보노라니 왠지 그 속에 형의 얼굴이

떠올랐다. 살려달라고 팔을 허우적대는 모습에 나는 섬뜩해 흠칫 몸을 떨었다. 형에게 치명적 일이 일어난 것만은 확실했다. 나는 다시 은주를 돌아보았다. 간절한 내 심경을 의식했는지 은주가 입을 연다. 근데 나오는 말은 내가 기대한 대답과는 거리가 멀었다.

"형의 행처를 알려고 하지 마 응? 부탁이야."

"왜? 이유가 뭔데?"

"이유? 세상에 이유 없이 벌어지는 처참한 일이 얼마나 많은데, 알면 넌 죽어. 알겠니?"

"내가 죽어? 무슨 이유로?"

"또 이유, 그만하자. 난 지금 널 동창으로 만나주고 있을 뿐이야. 너까지 잃고 싶지 않아."

저쯤 되면 은주의 입이 열리지 않는다는 것을 나는 안다. 사람 좋다가도 화가 날 때는 죽인대도 눈썹 하나 까딱하지 않는 지독한 면이 있었다. 하지만 나는 알고 싶었다. 어쩐지 예감이 내가 형 때문에 조기 제대되고 사람들의 눈총을 받는 것 같기도 했다. 그러지 않고는 내게 이런 불민한 일이 일어날 이유가 없었다. 그러나 은주는 끝내 입을 열지 않았다. 속으로 다음을 예약하며 나는 은주 곁을 떠났다. 그날 저녁 열차를 타고 어랑 역에 도착한 나를 마중한 사람이 있었다. 군 특수부대에서 제대한 형의 동창 엄기철 중위였다. 제대하자 곧 어랑 군 보안서에 입대해 연륜을 쌓은 엄기철은 역에서 나를 보자마자 따귀부터 때렸다.

"왜?" 나는 그렇게 물을 여유도 없었다. 다시 타격이 가해졌다. 그깟 싸움이라면 나도 자신이 있다. 감히 누구에게 발길질을. 하지만 군복을 입은 자여서 참았다. 이 정도면 그가 개인적인 일로 나를 구타할 순 없을 테니까, 아닌 게 아니라 매를 멈춘 엄기철이 득의양양한 표정으로 입을 열었다.

"이 새끼, 어디 갈 땐 반드시 알리고 가라 하지 않았어?" 그때에야 생각났다. 며칠 전 내가 네 담당이라며 자리를 비울 땐 꼭, 꼭 알리라고 했었다. 그땐 스쳐 들었다. 형의 동창이니 친위대원이었던 나를 위해 하는 말인 줄 알았다. 정신이 번쩍 들었다.

"너, 네가 처한 지금의 처지가 어떤 건지 알고는 있어?"

나는 절레절레 고개를 흔들었다. 다시 주먹이 날아왔다.

"이 새끼 대답해, 건방지게 대가리 질은, 내 어이가 없어서."

"맞아도 이유나 좀 알고 맞읍시다. 왜 이러는데?"

픽, 조소를 보낸 엄기철은 "이유? 이 자식이 주둥이는 살아서, 좋아 알려주지." 했다.

엄기철의 말을 들으면서 나는 형의 일군 불똥이 나까지 태워 버렸다는 사실을 알았다.

형은 달포 전, 반체제 발언 유포자라는 죄명으로 정치범관리소로 끌려갔다고 한다. 그 연좌제로 내가 조기 제대를 당한 것이다. 어젯밤만 해도 친위대원의 경력을 스스로 추어올리며 당당함을 가지려 했던 일이 일순간 부끄러움이 되어 내 얼굴에 박혔다. 그러기에 사람은 어떤 경우에도 별 시답잖은 어정쩡한 경력을 가지고 나라 독립이라도 일궈낸 듯 으쓱대지 말았어야 했다. 간신히 잡고 싶었던 버팀목마저 비참하게 떨어져 나간 순간 나는 앞이 하얘졌다.

"자, 이유를 알았으면 대답해 보라 어데 갔다 왔어?"

나는 숨길 필요도 없어 길주 가서 형수를 만나고 왔다고 말했다.

"형수? 흥 그 쌍것을 형수라고 만났어?"

엄기철이 말을 요약하면 이렇다. 체제에 어긋나는 발언으로 보위부에 잡혀가는 날 은주는 단호히 형과 이혼을 선포했다고 한다. 그런 경우 이혼한다고 말하면 배우자는 같이 끌려가지 않는다고 한다. 그러나 끝까지 남편과 떨어질 수 없다면 같이 정치범관리소에 가야 했다. 은주가 절대 이혼 못 한다고 하자 그 순간 "뭔 개소리야. 난 네가 지겹다. 생활력도 없는 것이, 당장 이혼하자."라고 형이 호통쳤다고 한다. 이어 엄기철이 뭐라 빈정댔지만 내겐 아무것도 들리지 않았다. 그 순간에 내 머릿속에 번개가 쳤고 뇌성이 울었다. 뇌성과 함께 가슴속에 고이 간직했던 신념이 채 바퀴 돌 듯 핑그르르 돌았다. 말 한마디에 젊디젊은 생을 끊어버리고 그토록 충성밖에 모르던 친위대원까지 망가뜨려? 당과 조국이란 대체 어떤 실체란 말인가. 그토록 잔인한, 인정머리라곤 눈곱만큼도 없는 포악한 실체에 마냥 물불을 가리지 않고 뼛속 진까지 깡그리 짜내어 충성을 바친 내가 어리석었다.

엄기철의 말에 의하면 술상에서 한 형의 발언은 이러했다.

"우린 왜 이렇게 살지? 고난의 행군이 끝 난지 20년이 넘었는데 아직도 굶어 죽어? 내 생각엔 아무래도 영도자가 너무 젊어 세상 이치를 잘 모르는 것 같아."

나는 놀랐다. 그딴 말 때문에 인생을 망치다니, 평양에서도 최근 들어 고난의 행군 때처럼 굶어 죽는 사람들이 생겼다.

　호위국 내 군인들도 그런 죽음을 보며 형이 했다는 엇비슷한 말을 저들끼리 하기도 했다.

　주석궁에서 영도자와 고위간부들만의 만찬이나 연회석에 차려졌던 기름진 호화음식들이 남으면 엄선된 호위국 대원들이 그걸 땅속 깊이 파묻으며 구수함보다는 썩은 내가 더 진동한다고 저들끼리 대놓고 욕하기도 했다. 세상이 굶는데 그런 호화음식을 배 터지도록 먹고 있다는 사실이 밖으로 새어나가면 안 된다는 조건으로 그렇게 묻어버린다는 것이 상식적으로도 이해되지 않았기 때문이다. 호위국엔 그와 같은 음식들을 땅에 묻을 수 있게 늘 굴착기 같은 건설기계 장비가 대기하고 있다. 그러면서도 배고픈 사람의 넋두리 한마디를 반역으로 몰아 소중한 생명을 빼앗는다면? 나는 세상이 그토록 잔인한 줄 정말 몰랐다. 그러나 그것은 지금의 내가 나 혼자만 느끼는 분노일 뿐, 만약 군 복무 중이었다면 절대 그러지 못했을 것이다. 그가 친형이라 해도 능지처참에 무조건 동의했을지도 모른다. 그러나 처지가 바뀐 지금은 달랐다. 그 모든 것이 예리한 비수가 되어 내 가슴을 난도질했다. 순간이지만 모순된 감정으로 가슴이 찢겨보기는 그때가 처음이었다. 나는 적의

가 가득 찬 눈으로 엄기철을 쏘아보았다. 만약 조금 전처럼 내게 손이라도 댄다면 맞받아 도륙 낼 사나운 기운이 전신을 싸고돌았다. 다행히 엄기철은 나의 격앙된 기분에 기름을 붓지 않았다. 어두워지기 시작한 하늘을 보며 혼잣소리처럼 웅얼거렸다.

"은주, 허허 맹랑한 것 도무지 이해할 수가 없어. 왜 그렇게 독해졌는지 내 판단으로는 알 수가 없거든, 야 넌 만나 봤다니까 묻는데 어땠어. 형수라고 대접해 주고 싶던?"

나는 그냥 엄기철을 쏘아보기만 했다.

"이 자식 왜 이래, 돌았어? 하긴 모르니까, 야 네 형을 누가 고발했는지 알아? 바로 그 여자야 네가 형수라고 만난 그년 말이야."

심장이 꿈틀했다. 도대체?

"믿을 수 없겠지, 나도 처음엔 믿지 않았으니까."

당장 심장이 터질 것 같았지만 나는 애써 진정하며 물었다.

"그 말이 진짜라는 걸 어깨의 별을 걸고 맹세할 수 있소?"

"맹세하지, 근데 이 자식이 보안원을 뭐로 보고."

나는 엄기철의 말이 끝나기도 전에 역 구내로 뛰어들었

다. 마침 길주 쪽으로 화물열차 하나가 움직이기 시작했다. 나는 무작정 올라탔다. 열차라면 화물역인 길주역을 지나치는 일이 없다는 것을 어릴 때부터 알고 있었다. 설사 멈춰 서지 않아도 훈련받은 내가 뛰어내리지 못할 것도 없었다.

순간이나마 엄기철이 왜 그런 말을 내게 직접 해줬는지 깊이 따져 볼 겨를도 없었다. 격앙된 내 육신은 오로지 은주를 찾아내 따져 보고 사실이라면 각을 뜰 복수심으로 부글부글 끓었다.

밤이 되어 형의 집에 도착한 나는 와락 문을 열어젖혔다. 정지 방에 앉아 뜨개바늘을 움직이던 은주는 의아한 눈길로 나를 쳐다보았다. 놀라는 것 같지도 않다. 나는 신을 신은 채로 방에 올라 씩씩거리며 은주에게 다가갔다.

"무슨 일인지 짐작은 가는데 문은 좀 닫지."

부드러운 은주의 말이다. 너무나 태연한 억양에 소름까지 끼쳤다. 어쩌면 이렇게도, 철로 만든 심장이 아니고는 절대 행할 수 없는 행동이었다. 나는 출입문을 닫으려고 내 옆을 지나는 은주의 팔을 잡아 멈춰 세웠다.

"네가 내 형을 잡아먹었다며? 사실이야?"

은주가 픽 웃으며 고개를 끄덕였다. 아니라는 말이 나

오기를 바랐지만 보기 좋게 한 방 먹는 순간이었다. 격한 심정과 달리 정작 은주와 마주 서자 왠지 마음이 약해지는 것을 나는 분명히 느꼈어도 내 바람은 보기 좋게 빗나갔다.

"큰 결심을 하고 온 것 같은데 할 테면 해. 내가 형을 잡아먹었으니 너도 날 잡아먹으면 되겠네. 난 두렵지 않아 죽은들 지금의 처지보다 못하겠어? 자, 어서."

황당했지만 어인 일인지 복수로 끓어 넘치던 가슴은 불길을 잃은 팥죽 가마처럼 조용해졌다. 아, 아 나는 두 손으로 내 머리칼을 움켜쥐었다. 지나온 중학생 시절이 주마등처럼 떠오른다. 그 시절 나를 많이도 아껴 준 은주. 불민한 일로 선생님으로부터 책벌을 받을 때면 말없이 애틋한 눈길을 보내줬고 박철영 학생을 처벌하냐 안 하냐는 거수가결에 혼자서 손을 들지 않던 애였다. 그래서 얼마나 많은 웃음거리를 만들었는지 모른다. 방과 후 집으로 돌아가는 길에 왜 그랬냐는 내 질문에 그냥 손을 들고 싶지 않아 그랬다고 해물 웃어줬다. 그 모습이 군 생활 내내 지워지지 않았고 훌륭한 전사가 돼 고향에 돌아갈 것이라는 결심을 굳혀줬다. 그런 내 생각을 부정이라도 하듯 은주의 시들한 말이 귀에 날아들었다.

"넌 군대에 간 7년 동안 단 한 번도 내게 편지하지 않았어. 내가 그렇게 많은 편지를 보냈는데도 답장 하나 보내지 않은, 이해는 해"

나는 대답이 궁했지만 입을 열었다.

"난 아버지에게도 편지를 보내지 않았어."

"그랬겠지, 일신의 모든 걸 다 바친 친위대원이었으니까. 자 이젠 한을 풀어 난 준비됐어."

나는 은주에게 한발 다가섰다. 다시 복수의 불길이 일었다. 만약 그때 은주의 입에서 너의 앞길을 망쳐 미안하다는 말 한마디만 나왔어도 내 주먹은 이성을 잃지 않았을 것이다.

"뭐가 어떻게 됐든 여자가 어떻게 남편을 잡아먹을 수 있어, 엉? 넌 학교 때부터 그런 애가 아니었잖아"

"그럼 내가 어떤 애였는데, 난 원래 그런 애야. 네가 몰랐을 뿐이지."

"뭐라? 에익."

내 주먹이 바람을 갈랐다. 태생부터 그런 애면 죽어 마땅하다. 그런 줄도 모르고 너와의 좋은 추억만 생각했으니, 악마다 넌. 너를 위해서는 네 친부모도 잡아먹을 포악한 악마. 이성을 잃은 내 주먹이 여백 없이 은주의 몸에 떨어졌다. 튀어 나가지 않은 말이 그대로 내 속을 파헤쳐 창자며 장기들을 마구 밖으로 내던졌다.

아, 악마가 던진 돌에 내 정치적 생명이 끝나다니. 바로 너, 너, 네가 던진 그 돌에. 그리고도 버젓이 살았어? 시작된 구타는 멈출 줄 모르고 계속됐다. 만약 그 순간에 총을 빼든 한 떼의 사내들이 들이닥치지 않았다면 은주는 분명 내 주먹에 잘못됐을 것이다. 나는 곧바로 체포되었다.

엄기철은 그렇게 나를 보내놓고 이내 뒤를 따라왔던 것 같다. 왜? 준비된 각본인가? 그때에야 은주의 정체를 적절한 때에 맞춰 엄기철이 내게 말해준 이유를 알 것 같았다. 모든 것이 잘 짜 맞춰진 한 편의 연극이었다. 덜컹덜컹 차가 몹시 들췄지만 나는 아무것도 느끼지 못했다. 이젠 모든 것이 끝났다. 아무렴 반역자의 친동생을 버젓이 활보하도록 내버려 둘 수는 없다. 어떻게든 구실을 잡으려 내 일거수일투족을 감시해 왔다. 나는 모든 것을 잊고 조용히 살았어야 했다. 비로소 사연을 알면 넌 죽는다던 은주의 말이 생각났다. 그러나 그렇게 살아 뭘 할까. 차라리 죽는 것이 더 좋을 것이다. 나는 지프의 뒷좌석에서 조수석에 앉은 엄기철을 독기어린 눈으로 쏘아보며 부득부득 이를 갈았다.

그 밤 나는 엄기철로부터 하룻밤 여유를 얻었다. 밖에는 무장한 보안서원들이 지켜선 가운데, 아마도 그건 한때 친위대원이었던 나에 대한 마지막 배려였던가 싶다. 아니면 엄기철은 이 밤 내가 군에서 훈련한 대로 도주라도 했으면, 라고 바랐을 것이다. 그래야만 더 확실한 현행범으로 나를 다시 체포해 공을 세울 수 있으니까. 나는 얌전하게 책상에 앉아 장 밤 잠들지 않고 이 글을 썼다. 글을 쓰면서도 가끔 집안을 둘러보곤 했다. 아버지의 체취가 스며있는 집이란 애착이 뼈아프게 갈마들었다. 홀몸으로 나를 키워준 아버지, 왜 그랬던지 아들을 생각하는 아버지의 마음에 철딱서니 없이 대못을 박은 불효한 아들이었음이 새삼스레 돌이켜졌다.

이젠 모든 것이 마지막이다. 나는 존재보다 없어져야 좋을 역적의 혈붙이니까. 하지만 두렵거나 슬프지도 않다. 쓰던 볼펜을 던져 버린 나는 천천히 일어나 벌써 태양 빛이 어리기 시작한 밖으로 나갔다.

*

여자의 입가에 미소가 어렸다. 그 미소는 이뤄야 할 일을 다 이룬 승리자의 미소 같기도 했다. 아니면 허망한 삶이 준 허탈한 냉소 같이 보이기도 하고, 노트를 들고 집 뒤 울 안에 나온 여자는 라이터를 꺼내 책에 불을 붙였다. 활활 타는 매캐한 종이 냄새를 그대로 들이키며 여자는 지그시 눈을 감았다. 억울하고 분했던 가지가지 일들이 타 번지는 책갈피의 글줄처럼 눈앞을 스쳤다.

"개새끼, 더러운 자식." 입에 담지 못할 폭언이 마침내 터 져 나왔다. 친동생과 인연 있는 여자인 줄 알면서도 군대 로 떠나자마자 짐승처럼 달려들어 수욕을 채운 박철수. 열 여덟 살부터 무지막지한 자에게 순결을 빼앗기고 동거란 명분으로 꼼짝달싹 못 하도록 한집에 얽혀 죽지 못해 살 았다.

시부가 사는 철영의 고향 집이 아닌 생소한 길주에서 같 이 동거한 이유도 그 때문이었다. 눈만 뜨면 술부터 찾는 사내, 돈이 없으면 국경인 혜산에 나가 강을 건너온 사내 에게 몸이라도 팔아 중국산 바이주를 사 오라고 한시도 가만두지 않고 그녀를 볶아댄 폭군 박철수. 그녀도 점차 사내를 닮아가고 있었다.

사내가 버릇처럼 주먹을 휘두를 때면 그녀도 부엌에서 칼을 찾아들고 덤볐다. 그러곤 사정없이 휘둘렀다. 악을 품고 덤비는 여자, 그건 그야말로 독을 뿌리며 목숨을 내대고 달려드는 한 마리의 코브라였다.

그 아무리 사내라 해도 한을 품고 내뿜는 독 서리를 감당할 수가 없어 밖에 나가버리면 몰려드는 외로움과 설움에 여자는 펑펑 눈물을 쏟았다. 그때마다 굶어 죽은 부모를 얼마나 원망했는지 모른다. 외동딸을 험지에 남겨 놓고 눈조차 감지 못한 채 돌아간 부모님을 탓해 뭘 하랴만 어데 의지할 데도 없이 당하기만 하는 처지가 서러워 자살을 결행한 적도 한두 번이 아니었다. 여린 목에 밧줄을 걸고 아찔한 벼랑 위나 검푸른 강가에 서서 두 눈을 감았다가도 뭔가 뇌리를 치는 섬광이 있어 다시 눈을 뜨고 머리를 흔들었다. 그렇게 세상을 하직하기에는 뭔가 억울했고 또 분명치도 않았다. 아련하고 순진했던 그녀에게 그때마다 찾아든 건 복수라는 생소한 단어였고 그에 따라 성격도 변해갔다. 앞에서는 웃어도 뒤에선 이를 갈았다.

어쩌면 그건 굶주림으로 인성까지 저버리게 만든 이 사회가 토한 또 하나의 사생아였다.

은주는 마지막 책장이 타는 앞에 오금을 꺾고 앉았다. 꼬투리까지 재가 되는 것을 물끄러미 바라보며 은주는 마치 곁에 사람이 있기라도 하듯 조용히 뇌였다.

"철영아, 이런 글은 왜 썼지? 너의 마지막 글을 보고 호응해 줄 사람이 이 땅엔 없어. 그게 우리가 사는 이 나라의 현실이야."

그 후 그녀가 어디로 갔는지 아무도 모른다. 또 누구든 관심하는 사람도 없었다. 희대의 충격으로 남은 총격 사건만 사람들의 머릿속에서 잠시 머물다 얼마 후부터는 마치 없었던 일처럼 사라졌다.

하얀 별똥별

김유경

북한 조선작가동맹 소속 작가로 활동하다가 2000년대에 한국으로 들어왔다. 북한에 남은 가족이 감당해야 하는 위험 때문에 실명과 과거 행적을 숨긴 채 살아가야 하지만, 작가로서의 의무를 포기할 수 없어 글로써 세상과 소통하고 있다. 장편소설로 『청춘 연가』 『인간 모독소』 창작집으로 『푸른 낙엽』이 있다. 『인간 모독소』는 Le camp de l'humiliation이라는 제목으로 프랑스에 번역 출판되었다.

1

그때까지 나는 아버지 때문에 엄마가 죽었다고 생각했다. 아버지는 평생 엄마에게 무심했으며 배신했다고 여겼다. 그래서 아버지를 미워했다.

한국에 와서도 아버지는 출근하실 때 늘 양복을 정갈하게 차려입으셨다. 대학에 강의를 나가신다고 하셨다. 북한에서 아버지는 사범대학 수학 교수였다. 어릴 때부터 나의 눈에 비친 아버지 모습은 늘 단정한 정장 차림이셨다. 단벌 신사였지만 엄마가 깨끗이 빨고 다려주신 정장에 회색 넥타이를 매고 대학으로 나가셨다. 그런 아버지 모습을 어린 나는 한때 자랑스럽게 여겼다. 엄마가 좋아했기 때문이었다.

하지만 한국에 와서는 아버지의 그런 모습마저 싫었다. 북한에서처럼 대학으로 강의 나가시는 것도, 별로 고생이 없어 보여서 더 얄미웠다. 엄마 때문이었다. 북한에서 구경도 못 했던 음식을 먹을 때면 엄마 생각이 더 간절했다. 엄마는 평생 고생만 하고 좋은 세상 구경 못 하고 돌아가셨다. 맛있는 음식 먹어 보지 못하고 추위와 굶주림 속에 돌아가신 엄마가 너무 불쌍했다. 다 아버지 탓 같았다. 아버지가 자기 생각만 하는 이기주의자여서 엄마가 죽었어. 소년기에 나의 마음을 지배한 생각은 늘 이러했다.

엄마는 고난의 행군 때 굶어서 돌아가셨다. 어린 나에게 엄마의 죽음은 공포였다. 지금도 엄마에 대한 기억은 하염없는 슬픔을 몰아오곤 했다. 소년기에는 더했다. 불쑥 엄마가 그립고 불쌍한 생각이 들 때마다, 밝고 어진 미소를 띤 엄마의 모습을 꿈속에서 볼 때마다 아버지가 미웠다. 종종 대화를 거부하고 방안에 들어박히기가 일쑤였다.

나에게 엄마는 아버지와 나를 위해 한없이 희생한 안쓰러운 존재였다. 고난의 행군 시기 들이닥친 전 사회적 기아는 우리 집이라고 예외가 될 수 없었다. 배급을 알뜰히

쪼개서 살림하시던 조용한 성격의 엄마는 급작스레 들이
닥친 미공급에 어찌할 바를 모르셨다. 당장 가마에 넣을
식량이 떨어지자 다른 집에서 쌀을 꿔다가 아버지 밥상을
차리셨다. 다음은 자신의 옷가지를 들고 장마당에 나가셨
다. 그다음은 기르던 강아지를 들고 나가셨다.

그렇게 엄마는 허둥지둥 간신히 끼니를 이어가는데 아
버지는 사정을 아는지 모르는지 여전히 대학으로 출근하
셨다. 엄마가 힘들게 차린 저녁상에서 죽을 말끔히 들이키
시면서 대학생 절반이 강의에 빠졌다는 말을 하셨다. 조국
의 미래를 걱정하셨다.

어린 마음에도 이런 아버지가 인정머리 없어 보였다. 미
공급은 끝이 없어 보이고 집안 세간을 팔아서 식량을 장
만하는 데 한계가 왔다. 엄마는 자그마한 손수레를 끌고
장마당으로 나가 채소 장사를 시작했다. 채소 장사도 여
의치 않았다. 밑돈이 적게 드는 그 장사에 너도나도 뛰어
들었기 때문이었다. 상품을 넘겨받기 힘들었고, 채소가 상
해 제값에 팔지 못하고 밑지는 날이 많았다. 그런 날이면
엄마는 아버지와 내가 먹을 죽만 쓰고 자신은 죽 가마 가
신 숭늉을 들이켜셨다.

그때는 식량과 함께 땔감이 큰 문제였다. 이전에는 아버

지 대학에서 석탄을 자동차로 실어 공급했다. 고난의 행군 시기에는 땔감 공급이 완전히 끊겼다. 엄마는 채소 장사하는 짬짬이 손수레를 끌고 도시 외곽 산으로 땔나무 하러 가셨다. 엄마 손은 상처가 덧나 아물 새 없었다. 얼굴은 갈수록 야위어갔고 고개를 숙이고 한숨을 쉬는 일이 잦아졌다. 하지만 엄마가 아버지에게 하소연하거나 말다툼하는 일을 본 적이 없었다. 엄마는 집안의 모든 고난을 혼자 막으려 애쓰셨다.

아버지는 연약한 아내 뒤에서 오로지 대학 일에만 몰두하셨다. 쉬는 날에도 낡은 밥상에 책을 펴고 강의안을 썼다. 끼니를 건너면서도 대학으로 나가셨다. 어린 나의 눈에도 우리 가정의 부조리가 훤히 보였다. 배급도 노임도 없는 대학 일에 그토록 극성을 부리는 아버지가 이해되지 않았다. 엄마가 힘들어하는 것만큼 아버지가 미웠다.

가장인 아버지가 어떤 일이 있어도 가정을 책임지고 먹여 살려야 하지 않는가, 여린 엄마에게 모든 것을 떠맡기는 아버지나, 당연한 듯이 모든 짐을 기꺼이 지려는 엄마나 다 마음에 들지 않았다. 나의 불만을 부추긴 것은 이모였다. 혼자 고생하는 엄마가 하도 딱해 같은 도시에 사는 이모가 먹을 것을 챙겨 들고 종종 오곤 했다. 그때마다 아버지를 비난했다. 인정머리 없는 사람이라고, 가장이라면 배급을 주지 않는 그깟 대학에 나가지 말고 장사를 하든지 무슨 방도를 마련해야 하는 거 아닌 가고, 한심한 사람이라고 아버지를 헐뜯었다. 엄마가 안쓰러웠던 나는 이모의 말에 전적으로 동감했다. 아버지에 대한 실망은 점점 커져 갔다.

나의 친구 아버지는 양복을 입지 않고 대학교수가 아니어도 가정을 잘 돌보았다. 친구 아버지는 잠바 차림에 땀을 흘리며 늘 분주하게 뛰어다녔다. 오히려 그 친구 아버지가 멋져 보이고 부러웠다. 친구 아버지가 장사를 열심히 해서 그 친구 집은 우리와 비교 안 되게 잘살았다. 친구네 집은 언제나 밝은 생기가 넘쳤고, 우리처럼 매일 죽 나발을 불지 않았다. 친구의 손에 끌려 종종 맛있는 반찬에 밥을 얻어먹었다. 그런 날에는 수치심과 함께 아버지에 대한 불만이 머리끝까지 치밀었다.

어느 날, 엄마는 산에 나무하러 갔다가 굴러 다리를 다쳤다. 한동안 채소 장사를 나갈 수 없었다. 정작 엄마가 자리에 눕자 아버지는 몹시 당황해 하셨다. 대학 경리과에 부탁해서 옥수수 열 킬로 정도를 자루에 담아 들고 오셨다. 아버지가 강의에 나가야 했기에 대학에서는 선심 쓰듯

대학 기숙사용 식량을 얼마간 주었다. 그때 엄마는 아버지가 들고 온 옥수수자루를 보물처럼 쓰다듬으며 그윽한 흠모의 눈길로 쳐다보았다. 아버지를 무조건 숭배하고 헌신하는 엄마의 태도에 화가 났다.

발목을 접질린 데다 제대로 먹지 못하여 엄마는 생각보다 오래 장마당에 나가지 못했다. 그럴수록 우리 집 생활은 더 불안해졌다. 엄마는 아픈 와중에도 다리를 끌고 부엌으로 내려가 불을 지피고 끼니를 지었다. 끼니라고 해야 옥수수 쪼갠 것에 마른 시라기를 불려 끓이고 소금을 넣은 죽이 전부였다. 엄마가 아파도 아버지는 부엌으로 내려오는 일이 없었다. 엄마가 아버지 부엌일 하는 것을 말리는 것 같았다. 나는 드디어 아버지에 대한 불평을 엄마한테 털어놓기 시작했다. 엄마는 아버지가 대학에서 중요한 일을 하시는데 집에서 끼니까지 짓게 하겠냐고 오히려 나를 꾸짖으셨다.

엄마는 종종 아버지와 나에게만 밥상을 차려주셨다. 자신은 속이 안 좋아 후에 먹겠노라고 했다. 나나 아버지는 정말 그런 줄 알았다. 하지만 엄마가 돌아가시고 나서야 알았다. 식량의 절대량이 모자라자 엄마는 아버지와 나에게만 끼니를 잇게 하시고 자신은 맹물만 마셨다는 것을.

유난히 비바람이 몰아치던 눅눅하고 음울한 날이었다. 다리를 다친 지 보름 정도 되던 날 아침, 엄마가 여느 날처럼 일찍이 일어나 불편한 다리를 끌고 부엌으로 내려가셨다. 아버지는 밥상에 책을 놓고 읽고 계셨다. 늘 보는 풍경이어서 더 보기 싫었던 나는 잠에서 깼으나 이불을 뒤집어 쓰고 누워있었다. 괜히 화가 나고 모든 게 언짢았다. 씁쓸하면서도 구수한 죽 냄새도, 탁탁 장작 타는 소리만 들리는 정적도 싫었다. 이때 아버지의 음성이 들렸다.

"여보, 죽이 넘어나는 것 같구먼."

엄마는 대답이 없었다. 나는 이불을 빠끔히 제치고 부엌을 내려다보았다. 엄마는 등을 부엌 바닥에 기대신 채 눈을 감고 계셨다. 피곤해서 잠이 드신 것 같았다. 활활 타오르는 아궁이 불길의 음영이 엄마의 야위고 창백한 얼굴에서 춤을 추고 있었다. 거듭 불러도 대답이 없자 아버지가 일어나 부엌으로 내려가셨다. 그리고 잠든 엄마를 건드리며 다시 불렀다. 순간 엄마가 스르륵 모로 쓰러졌다. 아버지의 놀란 부름이 정적을 깨부쉈다. 여보!

엄마는 잠든 것이 아니라, 잠든 듯이 돌아가셨다. 병원에서 사망원인은 영양실조라고 했다. 그날 가마에는 두 사람이 겨우 먹을 죽이 끓고 있었다. 뚜껑이 닫힌 엄마의 밥그릇에는 말간 물이 가득 담겨 있었다. 방안에 눕힌 숨진 엄마의 몸은 잦아들 듯 얇고 가벼워 보였다. 앙상한 갈비뼈 밑으로 엄마의 배는 깊은 골짜기처럼 패여 있었다. 도대체 엄마는 얼마를 굶은 것인가. 적으면 적은 대로 나누어 먹으면 될 것을 왜 맹물만 마시며 굶었단 말인가. 엄마는 왜 이리 미련했단 말인가. 아버지와 나는 얼마나 파렴치하고 몰인정했던가.

나는 싸늘하게 식은 엄마의 여윈 몸을 흔들며 울음을 터뜨렸다. 동시에 나의 어린 시절도 끝났다. 나만 엄마를 잃은 것이 아니라 아버지도 마치 어버이를 잃은 아이처럼 어찌할 바를 몰라했다. 다행히 대학에서 엄마 장례를 치러주고 얼마간 식량을 가져다주었다. 하지만 그 식량으로는 아무리 아껴먹어도 보름을 버티기 힘들었다. 아버지는 그때부터 대학에 나가시지 않으셨다. 워낙 말이 적었던 아버지는 더 말이 없어졌다.

어느 날 밤 아버지가 나를 흔들어 깨우셨다. 겨우 열세 살밖에 안 되는 나에게 마치 어른에게 하듯이 신중한 어조로 말을 꺼냈다.

"더는 안 되겠다. 희망이 보이지 않는구나. 우리 도강하자. 일단 중국에 가서 굶어 죽는 것을 피하고, 그다음에 또 생각하자."

너무 엄청나고 뜻밖의 말에 나는 멍하니 아버지를 쳐다
보았다. 아버지는 즉시 옷을 챙겨 입었다. 한 벌뿐인 양복
을. 그리고 나의 손을 끌고 압록강을 향해 걸었다. 아버지
에게 그토록 단호한 결단성이 있다는 것에 더 놀랐다. 내
가 초등학교 4학년 때였다.

2

아버지의 등에 업혀 압록강을 넘던 초가을 그날, 강물이
몹시 차서 온몸이 오그라들고 덜덜 떨리던 기억이 지금도
또렷했다. 아버지는 나를 등에 업으시고 밧줄로 자신의 몸
과 하나로 묶으셨다. 꽉 잡으라는 말에 나는 아버지 목을
그러안았다. 차가운 물살이 온몸을 휘감는 속에서도 아버
지의 넓고 따뜻한 등에 기대니 별로 무섭지 않았다. 물소
리 요란한 강 가운데서 나는 오랜만에 아버지에 대한 믿
음을 느끼며 작은 손에 힘을 주어 바싹 붙었다.

다행히 별일 없이 강을 넘자 아버지는 비닐 주머니에 미
리 챙겨 가지고 오신 젖지 않은 옷을 나에게 갈아입히셨

다. 자신은 물이 뚝뚝 떨어지는 양복 차림 그대로 걸으셨다. 높은 강둑을 넘어 버들 숲이 우거진 좁은 길을 따라 한참 걸으니 꽤 넓은 자동차 포장도로가 나타났다. 깊은 밤이어서 인적이 없었다. 나는 비칠거리면서도 아버지의 걸음을 따라 달음박질쳤다. 도로를 따라 밤새 걸으니 날이 밝아오기 시작할 무렵 작은 마을이 눈에 띄었다. 우리는 마른 옥수숫대가 꽉 들어찬 길옆의 밭 속으로 들어섰다. 사람들 눈에 띄지 않기 위해서였다.

옥수수밭이 끝나는 지점에 빨간색 벽돌집 한 채가 보였다. 아버지가 옷매무시를 바로 하고 머리를 쓰다듬더니 나보고 그 자리에서 잠깐 기다리라고 하셨다. 밭머리에 웅크리고 앉은 나는 그 집 울타리 안으로 들어서는 아버지의 등을 바라보며 더럭 두려운 생각이 들었다. 아버지가 그 집안으로 영영 사라지고 다시 나타나지 않을 것 같은 상상에 언뜻 사로잡혔다. 하지만 한참 후, 대문 앞에 나타난 아버지가 내 쪽으로 손을 흔들며 오라고 신호를 보냈다.

조선족 아주머니가 혼자 사는 집이었다. 자식들은 모두 한국으로 돈 벌러 갔다고 했다. 이미 모든 사연을 들은 듯 아주머니는 혀를 끌끌 차며 밥상을 차렸다. 둥근 얼굴이며 푸짐한 몸집이 무던한 인상을 주었다. 다만 내가 할머니라고 부르자 정색을 하고 자기가 왜 할머니냐고 아줌마로 부르라고 하였다. 하지만 내 눈에는 얼핏 보아도 나이 육십은 잘 돼 보이는 할머니 벌이었다.

그날 아침 나는 난생처음으로 소고기며 달걀 반찬, 하얀 이밥을 배불리 먹을 수 있었다. 아주머니는 당분간 자기 집에서 지내라고 하였다. 가을 타작도 도와주고 다른 집 일감도 잡아 줄 테니 돈도 벌면서 맘 편히 지내라고 했다. 어린 나는 그 아주머니가 구세주처럼 느껴졌고 고마웠다. 아버지도 마찬가지였다.

아버지는 그 집 옥수수 타작을 도와주고 다른 집의 날품팔이도 하였다. 나도 힘자라는 껏 일손을 도왔다. 한 달 동안 일한 품삯으로 중국 돈 칠백 원을 벌었다. 북한에서는 상상도 못 하던 돈이었다. 아버지는 팔락거리는 백 원짜리 붉은색 지폐를 쓰다듬으며 몇 번이고 중얼거리셨다.

"중국은 노동력에 산출되는 댓가가 대단하구나!"

그 집에서 맛있는 음식을 배불리 먹는 것도 좋았지만 저녁마다 텔레비죤을 볼 수 있어 너무 좋았다. 아줌마가 한국 채널만 틀어주어 아버지와 나는 한국 뉴스며 드라마를 정신없이 보았다. 나와 둘만 있을 때, 아버지는 여기서 일단 돈을 벌고 중국말을 좀 배운 다음 내륙으로 들어가서 한국으로 가는 길을 잡자고 말씀하셨다. 아버지는 나의 학업이 중단된 것을 제일 걱정하셨다. 하지만 어린 나는 그 아줌마 집에서 편히 지내는 것이 너무 좋았다. 아주머니는 정말 우리에게 잘해주었다. 다만 밥상에 앉으면 자신의 손으로 쌈을 싸서 아버지 입에 들이대거나 끈적끈적한 눈웃음을 짓는 행동은 왠지 거슬렸다.

그날, 옥수숫대를 모아놓는 일을 하고 밤에 정신없이 곯아떨어졌던 나는 오줌이 마려워 잠에서 깨어났다. 저녁에 콜라를 많이 마신 탓이었다. 불을 켜고 보니 옆자리에 누웠던 아버지가 보이지 않았다. 화장실에 가셨나, 하고 문을 열고 나서는데 아주머니 방 쪽에서 말소리가 들렸다. 머릿속을 치는 이상야릇한 예감에 발 발 방문 앞으로 다가갔다. 놀랍게도 아버지와 아줌마, 아니 그 할머니의 말소리였다.

"이러시면 안 됩니다. 막무가내로 저의 방으로 들어오시면 아들이 깨어나지 않습니까."

아버지의 떨리는 목소리였다.

"그럼 어떻게 해요? 그렇게 신호를 줘도 모르는 척하는데, 나 더는 참지 못하겠어요. 그쪽도 아내가 없고 나도 남편이 없는데 뭐가 걸려요? 내 나이요? 나이는 숫자에 불과

해요. 내가 십칠 년 위라고 해도 몸과 마음은 그쪽 못지않게 젊어요. 사람이 신세를 졌으면 갚을 줄도 알아야죠. 내가 뭘 큰 걸 바라요? 서로 외로움을 달래자는 것뿐인데, 이 집 나가면 위험한 거 잘 아시잖아요. 아들을 생각하셔야지요. 그냥 저한테 의지하세요. 아, 어서요."

"그래도 이건……"

아버지는 끝내 그 방문을 열고 나오지 못했다. 이어 씨름하듯 뒤치락거리는 소리, 거친 숨소리에 나는 귀를 틀어막으며 화장실로 뛰어갔다. 갑자기 오줌이 쏟아지려 했기 때문이었다. 그날 뒤로 나는 예민해져 잠이 잘 오지 않았고, 자는 척 흉내를 내야 했다. 매일 밤 아버지는 그 아줌마 방으로 불려갔고, 한껏 긴장해 있던 나는 늦은 밤에야 곯아떨어지곤 했다.

압록강을 넘으면서 의지했던 아버지에 대한 신뢰가 산산조각이 나 버렸다. 어머니가 돌아가신 지 몇 달도 되지 않았는데 다른 여자와 어울리다니, 그것도 할머니 같은 아줌마와, 불쌍한 건 그저 우리 엄마지, 이름할 수 없는 분노와 배신감에 밤마다 엄마를 부르며 혼자 숨죽여 울었다. 당시에는 도저히 이해도 용서도 되지 않았다.

아버지는 나의 태도에서 무언가를 느끼셨는지 눈을 마

주치지 못하셨다. 어느 날 야밤에 아버지는 잠에 취한 나를 끌고 도망치듯 그 집을 나왔다. 아버지는 길가에 쓴 이정표를 보며 방향을 잡으셨고, 우리는 이틀을 더 걸어 다른 고장으로 갔다. 그동안 번 돈이 있어 이동하는 데 별로 어려움이 없었다. 새 고장에서 아버지는 줄을 잡아 벌목장에 들어가 몇 달간 돈을 버셨고, 다시 도시로 나와 한국으로 가는 줄을 잡으셨다. 그 과정에 아버지가 체면만 차리는 것이 아니라 앞에 닥치니 어떤 일도 해낸다는 것을 알게 되었다. 중국에서 나는 아버지에게 전적으로 의지할 수밖에 없었다.

3

　조선족 아줌마 집에서의 일을 아버지에게 대놓고 들이댄 적은 없었다. 하지만 그때부터 벌어진 아버지와의 간격은 한국에 와서도 좀처럼 좁혀지지 않았다. 아버지는 북에서나 마찬가지로 별로 말이 없으셨다. 아침이면 묵묵히 양복을 단정히 입으시고 대학에 강의하러 나가셨다. 그전에 먼저 일어나 밥솥에 밥을 안치고 국을 끓이셨다. 밑반찬은 반찬가게에서 사 오는 것 같았다. 아버지가 출근하신 뒤에는 자그마한 소반에 내가 먹을 아침이 늘 차려져 있었다. 북에서는 볼 수 없었던 아버지 모습이었다. 하지만 그 극진한 보살핌이 고맙기는커녕 더 아니꼬웠다. 북에서부터 좀 그러시지. 엄마를 아끼고 돌봐주셨으면 그렇게 허망하게 돌아가시지 않았을 것을. 그런 생각을 할 때면 목구멍까지 울분이 솟아올랐다.

한국에서 안정된 생활이 보장되자 걷잡을 수 없이 엄마가 그리워 났다. 평범한 일상이 엄마를 더 떠올리게 했다. 아무 생각 없이 치킨 조각을 뜯다가도 따듯한 샤워기 물에 몸을 적시다가도 문득 엄마 모습이 떠올랐다. 온수 난방으로 추위 걱정 없는 아파트에서 더운물 찬물 마음껏 쓰는 문명도 어쩐지 아버지만이 누리는 행운처럼 고까웠다.

엄마! 가만히 불러만 보아도 목이 꽉 막히고 눈물이 솟았다. 추운 겨울에 수도가 나오지 않아 손을 호호 불며 강에서 물을 길어오시던 모습, 입술이 터 갈라지고 창백한 얼굴, 불면 날아갈 것 같이 여위고 휘청거리던 자태, 땔 나무를 해오느라 상처투성이였던 손…… 특히 엄마의 마지막 밥사발, 말간 맹물이 가득 담겼던 그 노르끼리한 밥사

발이 자주 꿈에 나타났다. 그 밥사발은 갑자기 물이 가득 고인 우물로 변했고, 엄마는 우물에 빠져 허우적거렸다. 엄마를 구하려고 안간힘을 쓰다가 깨어나곤 했다. 그런 날은 온종일 우울했다.

어쩌면 엄마에 대한 그리움보다 미안함이나 안쓰러움이 었을지도 모른다. 엄마를 잊지 못할수록 쉽게 엄마를 잊어 버리고 배신한 아버지가 용서되지 않았다. 고생만 하다가 돌아가신 엄마가 불쌍할수록 모든 복을 아버지 혼자 독차 지한 것 같아 심술이 났다. 중국에서 잠깐 벌목장에서 일 하신 거 빼고는 아버지는 평생 험한 고생을 모른다고 생 각했다.

어느 날 아버지 손에 붕대가 감긴 걸 보았다. 어디 다치 셨나? 처음엔 못 본 척했다. 또 다른 손가락에 붕대가 감 겨 있는 것을 보고 얼결에 물었다.

"다치셨어요?"

"아니, 운동하다 조금 긁혔어."

아버지가 당황한 표정을 지으셨다. 운동? 흥, 콧방귀를 꼈다. 팔자 좋으시네. 편하니까 운동이나 하시겠지. 엄마 는 땔 나무하느라 연약한 손이 상처투성이였는데……

또 어느 날인가는 아버지 두 눈이 벌겋게 충혈되어 있었다. 얼굴도 좀 부은 것 같았다. 더럭 겁이 나 물었다.

"어디 아프세요?"

"아니야. 밤에 책을 봤더니 그래. 고맙다."

아버지의 흔연한 어조에 나는 또 힝 코를 풀었다. 맨날 그렇지. 엄마는 깜깜 잊은 거야. 엄마 불쌍하다는 말이나 미안하다는 말을 할 줄 모르지. 지독하게 인정머리 없는 이기주의자! 속으로 아버지를 끊임없이 질타했다. 더 아니 꼬웠던 것은, 아버지가 종종 밤늦게 들어오셨기 때문이었다. 운동하거나 친구 만나 식사하였다고 하셨다. 그럴 때마다 약간의 술 냄새가 풍겼다. 아주 제대로 인생을 즐기시네. 좋은 세상에 와서 고생이라는 걸 모르고 혼자 아주 잘 사셔. 상팔자를 타고 나셨어. 나는 뒤에서 혀를 빼물고 투덜거렸다.

4

하지만 세월 타지 않는 것은 없었다. 아버지에 대한 나의 미움은 세월이 흐르면서 조금씩 엷어지기 시작했다. 한국에 와서 생활에 대해 별로 걱정해 본 적이 없었다. 용돈은 늘 넉넉했고 옷이나 신발은 친구들에게 뒤지지 않았다. 핸드폰도 새 기종이 나오면 먼저 사 주셨다.

대학 강의를 하신다는 아버지 수입이 꽤 높은 듯하였다. 초등학교부터 중학교 고등학교 때까지 제일 좋은 학원에 나를 보내셨다. 아무 걱정하지 말고 공부에만 전념하라고 당부하셨다. 경쟁 사회에서는 자신의 가치를 높여야 기회를 잡을 수 있다고 말씀하셨다. 아버지 당부가 아니더라고 나는 의사가 되려는 야망을 품고 있었다. 아버지는 이따금 오만 원짜리 몇 장을 봉투에 넣어 주시며 애들 속에 유행되는 옷이나 신발을 사 신으라고 하셨다.

한해씩 나이를 먹으며 아버지의 커다란 지붕을 느끼기 시작했다. 한국이 발전된 세상이지만 돈은 저절로 차례지지 않는다는 것을 어릴 때는 망각하고 살았었다. 나야말로 고생을 몰랐기 때문이었다. 시간이 흐를수록 아버지를 향한 고까움이 사그라지고 있었다.

그해, 우리는 새집으로 이사했다. 정부에서 보장해 준 임대아파트에서 25평 분양 아파트로, 아버지 명의로 된 집으로 이사 갔다. 삼 분의 일은 은행 돈이라고 했다. 어찌 됐든 서울에 아버지 명의의 아파트가 생긴 것은 기분이 좋았다. 임대아파트보다 훨씬 넓고 쾌적한 내 방도 퍽 마음에 들었다.

아버지는 나를 가구점으로 데리고 가셔서 마음에 드는 침대와 책걸상을 고르라고 하셨다. 내가 선택한 침대가 들어오던 날, 푹신한 매트리스에 몸을 던지며 나는 오랜만에 아버지에게 한껏 웃음을 보냈다.

"너무 좋아요, 아빠!"

한 달 후, 엄마의 제삿날이 다가왔다. 그동안 아버지는 한국에 와서 매해 엄마 제사를 지냈다. 제삿날마다 나는 돌볼 사람 없어 잡초가 무성할 엄마의 무덤을 떠올렸다. 아버지는 매번 묵묵히 제상을 차리셨다. 제상은 전문 가게에 주문하신 것 같았다. 엄마가 생전에 구경 못 해본 음식이 가득 차려진 제상을 보면서 나는 허무함을 느꼈다. 아버지는 기계적으로 절을 하시고, 제상을 물리고 음식을 조금 드신 다음 조용히 밖으로 나가시곤 하셨다. 그때도 불만스러웠다. 제상 앞에서나마 엄마에게 미안하다는 말을 왜 못한단 말인가. 아버지는 얼음처럼 냉랭한 심장을 지녔다고 생각했다.

새집에서 처음 지내게 된 엄마 제삿날, 나는 일부러 학원에서 늦장을 부리며 천천히 집으로 향했다. 답답한 침묵이 흐르는 방에서 아버지와 함께 엄마 제상을 차리고 싶지 않았다. 아버지가 다 차린 다음 들어가 절이나 할 생각이었다. 시간을 끌며 집 앞에 도착한 나는 어디선가 들려오는 흐느낌 소리에 귀를 도사렸다. 울음소리는 분명 우리 집 안에서 울려 나오고 있었다.

비밀번호를 누르고 살며시 문을 열었다. 아버지는 내가 현관에 들어선 것도 모르고 거실에 차린 엄마의 제상 앞에 무릎을 꿇고 오열하고 있었다. 너무도 뜻밖의 모습이었다. 살면서 여태 그렇게 우시는 모습을 본 적이 없었다. 엄마가 돌아가셨을 때도 내 슬픔에 지쳐 아버지 우는 모습을 본 기억이 없었다. 아버지는 마치 자그마한 바윗덩어리처럼 옹크리고 엎디어 어깨를 떨며 슬프게 울고 있었다.

"여보, 미안하오, 못나고 무심한 이 남편을 용서해주오. 여보, 이젠 걱정하지 마오. 어떤 일이 있어도 우리 아들을 훌륭한 사람으로 키울 것이요. 여긴 우리가 이사 온 새집이요, 오늘따라 당신이 너무 그립구려."

아버지가 그렇게 긴 넋두리를, 아주 인간적인 말을 하는 모습은 낯설다 못해 신기했다. 엄마한테 미안하다고 하는 말을 처음 들어보았다. 아버지는 진심으로 엄마에게 미안해하고 있었다. 나는 끝내 신발을 벗지 못하고 도로 집을 나오고 말았다.

아파트 밑으로 내려와 무심결 하늘을 쳐다보던 나는 어린애처럼 탄성을 질렀다.

"와! 별똥별! 엄마별이다!"

푸르고 흰 빛깔의 유성이 우아한 곡선을 지으며 떨어지고 있었다. 어느새 나의 두 볼로는 눈물이 흐르고 있었다. 언제부터인가 별똥별을 보면 엄마라고 생각했다. 끝까지 온몸을 활활 태우며 떨어지는 별똥별은 틀림없는 엄마였다. 엄마는 별똥별처럼 아버지와 나를 위해 자신을 깡그리 태우며 헌신하셨다. 오늘이 엄마 제삿날이고, 아버지가 슬피 우는 것을 보고 엄마가 땅으로 내려오는 것이라고 여겼다. 나는 컴컴한 하늘을 올려다보며 흐느껴 울었다. 엄마가 못 견디게 보고 싶었다.

한참 후, 언제 오냐는 아버지 문자가 왔다. 나는 눈물을 훔치고 집으로 올라갔다. 방에 들어서니 아버지의 벌건 얼굴은 어색하게 굳어져 있었다. 나는 눈물 흘린 것을 들킬까 봐 아버지의 눈을 피했다. 아버지와 나는 묵묵히 술을 따르고 절을 했다. 뜨거운 김이 목구멍으로 자꾸 치밀어 올라 입을 꼭 깨물어야 했다.

　새집에서 엄마 제사를 지낸 후, 아버지에 대한 믿음이 봄볕처럼 슬며시 나의 가슴에 스며들었다. 미움과 원망도 낡은 사진처럼 새집에서 서서히 빛깔이 흐려지고 있었다. 세상에서 나를 지켜줄 분은 아버지뿐이고, 가족은 우리 둘뿐이라는 생각을 할 즈음 그 아줌마가 끼어들었다.

　어느 날, 학원에서 저녁 늦게 집에 돌아오니 웬 아줌마가 주방에서 서성이고 있었다. 집안에는 구수한 된장국 냄새가 진동했고 밥상은 이미 차려져 있었다. 반찬 가게에서 산 반찬이 아니라 금방 구워낸 청어며, 콩나물무침이 먹음직스럽게 밥상에 놓여 있었다. 내가 묻지 않았는데 아줌마는 아버지가 야간작업하신다고 말했다.

　"야간작업이라니요? 아버지가 무슨 야간작업을 하신다는 거예요?"

　"아차, 그렇지, 그…… 그게 아니라, 그러니까 아버지 말씀에 의하면 일을 끝내시고, 아, 맞다, 강의가 끝나면 운동을 하신다고 하셨어. 그래, 분명 운동이라고 하셨어."

　아줌마가 조금 당황해하며 횡설수설했다. 북한 말투였다. 도우미 아줌마인 가고 묻자 아버지 친구라고 했다. 친구? 그럼 아버지에게 여자 친구가 있단 말인가? 아버지 세대의 친구 경계를 잘 몰랐던 나는 무슨 친구냐고 되물었다. 아줌마는 눈가에 야릇한 웃음을 짓고 나를 똑바로 바라보았다. 아버지보다 퍽 젊은 것 같았고, 꽤 예쁘장한 아줌마였다.

"그게 궁금하니? 그래. 앞으로 종종 봐야 하는데 굳이 숨길 필요야 없지. 난 너의 아빠 여자 친구야. 어쩌면 나 혼자 여자 친구로 생각할지 모르지. 호호, 너의 아빤 돌부처 같더라. 어쩜 그리 무뚝뚝하면서도 귀여우실까. 오늘 늦게 들어오니 아들이 먹을 저녁을 좀 해달라고 부탁하시더라. 아들한테만큼은 정말 끔찍하시지……"

나는 머리가 서늘하게 식는 것을 느끼며 홱 몸을 돌려 방으로 들어갔다. 그리고 방문을 쾅 닫았다. 뒤따라온 여인이 콩콩 방문을 두드리며 밥을 먹으라고 했다.

"밥 먹을 생각 없어요. 일 끝났으면 가보세요."

꽉 닫힌 문을 향해 언성을 높이며 빠른 말을 던져버렸다. 한참 후, 뭐라고 중얼거리는 여인의 목소리가 멀어지더니 쿵 현관문 닫히는 소리가 들렸다. 아마도 싸가지없는 녀석이라고 했겠지. 상관없었다. 갑자기 여자 친구라니? 그럼 새 장가라도 들 생각이란 말인가? 생각을 더듬을 사이 없이 분노가 솟구쳤다. 기억하고 싶지 않은 중국 아줌마 집에서의 일이 생생히 떠올랐다.

엄마의 창백한 얼굴이 눈앞에 어른거렸다. 또다시 엄마를 배신하다니, 아, 정말이지 염치가 없어. 엄마 제사상 앞에서 목 놓아 울던 때가 언젠데 뒤에서 여자 친구를 사귄단 말인가. 새 여자를 만나자니 새삼 엄마한테 미안해 양해라도 구했다는 건가. 엄마가 왜 돌아가셨는데, 아버지와 나를 굶기지 않으시려고 맹물만 마시는 바람에 영양실조로 돌아가시지 않았던가. 나나 아버지는 엄마한테 진 마음의 빚을 평생 갚아도 모자랄 텐데, 새 여자라니! 온갖 울분이 머릿속에서 들끓었다.

낯도 코도 모르던 여인이 안 주인처럼 돌아치는 모습은 상상만 해도 싫었다. 새집에 와서 비로소 마음의 평안을 찾았다. 밝고 고요하고 안정된 집안의 분위기가 좋았다. 잔소리 없고, 간섭하지 않은 아버지의 무뚝뚝함에 익숙해졌고 오히려 편했다. 나를 믿어준다고 고맙게 여겼다. 그런데 낯선 여인이 집안을 휘젓고 다닌다면. 나는 머리를 세차게 흔들었다. 싫어. 너무 싫어!

아버지 얼굴을 본 것은 다음 날 저녁이었다. 그날은 운동을 나가시지 않는지 집에 계셨다. 아버지가 차린 밥상이

기다리고 있었다. 나의 마음은 여전히 얼어붙어 있었다. 아버지가 어색하게 헛기침을 하며 말을 꺼냈다.

"오해 마라. 우연히 알게 된 여인이고 그저 밥 한 끼 부탁한 것뿐이야. 우린 그런 사이 아니다. 그저 편한 친구야."

밥상을 노려보며 굳어진 나의 입에서 떨리는 목소리가 거침없이 나왔다.

"저는 아직도 하얀 이밥을 먹을 때마다 굶어 죽은 엄마가 생각나요. 고깃국을 먹을 때마다 엄마한테 죄스러워요. 맹물만 가득 담긴 엄마의 밥그릇이 종종 꿈에 나타나요. 그 물그릇이 떠올라 밥이 잘 넘어가지 않는다고요. 아빠도 엄마를 잊으면 안 되잖아요. 그럼 엄마가 너무 불쌍하고 원통하잖아요."

어느새 코가 시큰거리고 눈물이 쏟아졌다.

"그래. 네 마음 다 안다. 나도 절대 니 엄마 못 잊는다. 어서 밥 먹자."

밥상 앞에 앉은 아버지는 속죄하듯 고개를 끄덕이며 중얼거렸다.

"거짓말! 아빠는 오래전에 엄마를 잊었어요!"

나는 끝내 마지막 말까지 던지고 방으로 들어가 버렸다.

부자 사이에 끼어든 그 아줌마보다 아버지가 더 원망스러운 날이었다.

6

어느 날, 학원을 마치고 집에 들어서는데 저장하지 않은 번호가 전화기에 떴다. 전화를 받아보니 그 아줌마였다.

"니 아빠 오늘도 운동하시지? 아니지. 제대로 말하면 야간작업하실 거다. 내 너한테 진실을 말해줄 게 있는데, 지금 집 앞으로 내려올 수 있겠니?"

진실? 무슨 진실? 현관에 선 채로 가방을 방안에 던지고 문을 닫은 다음 바로 엘리베이터 버튼을 눌렀다. 꼭대기 층까지 올라가야 하는 엘리베이터를 기다리지 못하고 계단을 구르며 밑으로 내려갔다. 아파트 현관 앞 푸릇한 조명 아래 그 아줌마가 기다리고 있었다.

아줌마가 말없이 앞장서 걸었다. 묵묵히 뒤따랐다. 동네 감자 우거지탕 식당에 들어선 아줌마는 음식과 소주 한 병을 주문했다.

"난 한잔해야겠다. 바보 같은 니 아빠 때문에 화가 나서

술이라도 마셔야지 참을 수가 없어. 너도 아마 내 말을 들으면 충격이 커서 한잔해야 할 거다."

"뜸 들이지 말고 말씀해 주세요. 난 밥 같은 거 먹고 싶지 않아요."

"뭐? 밥 같은 거? 그래, 애들이야 이 좋은 세상에서 학교 다니고, 먹고 싶은 거 다 먹는데 밥이 뭔 대수겠냐? 하지만 나는 이 빌어먹을 밥 때문에 남편도 새끼도 잃은 사람이야. 밥에 한이 맺혀서 난 밥을 먹어야겠다."

뜻밖의 하소연에 나는 흠칫했다. 아줌마는 소주부터 한 잔 들이켰다.

"하긴 니가 인생을 알겠니? 그러니 지 아빠를 그렇게 모르지. 니 아빠가 한국에 와서 그동안 용접 일을 하며 밤낮으로 건설 현장을 돌아친 걸 넌 모르지? 그래, 꿈에도 몰랐겠지. 대학 강의? 흥, 자식이 부모의 마음을 어찌 다 알꼬. 아들이 놀라고 삐뚤어질까 봐 진실을 숨겨 온 아빠 마음을, 외롭고 힘든 그 마음을 니가 어찌 알겠는가 말이다. 암, 모르고말고!"

시험 시간에 전혀 모르는 문제를 만났을 때처럼 순간 머릿속이 아찔해졌다. 아줌마 말은 저 멀리에서 들려오는 메아리처럼 어렴풋이 머리를 징징 울렸다. 이건 또 무슨 소린가? 아버지가 그동안 대학 강의가 아니고 용접 일을 하시다니?

"흥, 너도 놀라운 모양이구나. 난 니 아빠를 몇 년 전부터 알게 되었지. 내가 물었어. 북한에서 대학교수 하던 분이 왜 굳이 용접 일을 하시느냐고. 니 아버지가 그러더라. 용접 일이 돈을 많이 벌어서 좋다고. 대학원 다니고 박사학위 따면서 당신의 사회적 성취를 쫓게 되면 아들 교육에 온전히 투자할 수 없다고 하더라. 당신 인생보다 아들을 이 땅에 잘 뿌리내리게 하는 게 더 중요하다고. 똑똑하고 머리 좋은 아들을 공부시키기 위해 돈을 많이 벌 수 있는 일을 해야 한다고 하더라. 그래서 오자마자 용접 자격증을 따고 지금껏 건설판에서 일하신 거야. 이젠 알겠니?"

"그래서 아버지 손에 상처가 나고 붕대를……."

나는 얼결에 중얼거렸다. 아줌마는 연거푸 술을 죽 들이켜고 탕 술잔을 밥상에 놓았다.

"흥, 운동하다 다쳤다고 했다면서? 운동이 아니라 한 푼이라도 더 벌려고 야간작업을 하신 거야! 니가 그동안 펑펑 쓴 용돈이랑 학원비랑 덩실한 새 아파트랑 다 니 아빠가 노가다 판에서 밤낮없이 일해서 번 거야. 넌 그것도 모르고 아빠한테 투정만 했겠지? 뻔해. 너 같은 싸가지는 부모 속이 다 문드러져야 정신을 차리지. 하하, 니 아버지 부성애 가상하다 못해 눈물이 나더라. 아들 알아차릴까 봐 매일 양복을 빼입고 출근하고 현장에서 작업복을 갈아입었다나? 뭐, 거지 왕자도 아니고. 노가다 판에서는 양복쟁이 용접공으로 소문이 났다더라. 아 참, 그리고 네가 모르는 대단한 아들 사랑이 또 하나 있지. 니 아빠 매달 몇십만 원씩 생명보험 붓고 있는 거 넌 모르지?"

"생명보험이요?"

"그래! 생명보험! 당신이 살아 계실 때 꼬박꼬박 돈을 보험에 넣었다가 자신이 세상을 뜨면 아들에게 목돈이 차례지게 하려고 꽤 큰 생명보험에 들었거든. 흥, 본인을 위해서는 한 푼도 아끼면서, 몇 년째 순정을 바치는 여자는 못 본 척하면서, 그저 아들밖에 모르는 양반이지. 지가 뭐가 그리 잘났대? 북한에서 교수해봤자 여기서는 노가다 판에서 일하면서 뭐가 그리 고고하대? 내 치사해서 니 아빠 다시 안 볼란다. 그래, 내가 먼저 니 아빠 차버린다고, 알겠냐?"

아줌마의 목소리가 점점 더 높아졌다. 나는 심장이 할랑거리고 숨이 가빠 올라 더 앉아 있을 수가 없었다. 당장 밖으로 뛰어나가고 싶은 충동에 몸을 반쯤 일으켰다.

"부탁 좀 할게요."

"부탁? 나한테? 이런 황송할 데라고. 뭔데?"

"아빠가 지금껏 용접 일하신 사실 제가 모르는 것으로 해주세요. 제가 안다는 거 아버지한테 말하지 말아 주세요. 부탁이에요."

"하하. 그래. 고고한 젊은이 부탁이니 아줌마가 들어줘야지. 알았어. 쉿."

술에 취해 떠들어대는 아줌마를 두고 나는 식당을 뛰쳐나왔다. 술을 마신 것처럼 다리가 자꾸 꼬여 걸음을 옮기기 힘들었다.

7

나는 며칠간 아버지를 피해 다녔다. 마주 볼 용기가 나지 않았다. 미안하고 고마운 마음을 표현할 방법을 몰랐다. 될 수 있는 한 용접 일을 하신다는 사실을 모르는 척해드리고 싶었다. 어쩌면 아버지의 마지막 체면이 아닐까 싶었다. 가능한, 지켜드리고 싶었다. 아버지는 모르는 눈치였다. 아줌마가 약속을 지킨 것 같았다.

나는 약국에서 데인 상처에 바르는 연고나 소염제 등을 사서 서랍장에 넣어두었다. 아버지가 야간작업하시는 날엔, 아니, 운동하신다고 하는 날에는 알아서 저녁을 먹을 테니 걱정을 마시라고 문자를 드렸다. 너무 과도한 운동은 몸에 해로우니 될수록 밤에 나가지 않으셨으면 좋겠다는 문자도 드렸다. 아버지는 그럴 때마다 고맙다는 문자를 보내오셨다. 그런 평범한 문자마저 드린 적이 없었다는 사실을 비로소 깨달았다. 가슴이 꺼지게 한숨이 나왔다. 미안하고 창피했다.

아버지는 나의 변화를 세심하게 눈치채고 계셨다. 눈빛이 그윽해지셨고 자주 나를 향해 활짝 웃어주셨다. 그동안 내가 불편해할까 봐 웃음마저 조심하신 것일까. 철없는 아들의 사춘기가 무사히 지나기를 숨죽이고 기다리셨을 것이다. 웃으실 때 눈가에 굵은 주름이 잡히는 것이 선명히 보였다. 가슴속에서 무엇인가 허물어지면서 다리 힘이 풀리는 것을 느꼈다.

그날도 아버지는 야간작업 나가고 안 계셨다. 부엌 식탁에 저녁이 차려져 있었고 저녁을 꼭 먹으라는 아버지 쪽지가 모서리에 붙어 있었다. 저녁을 먹고 설거지를 마친 다음 시계를 보니 아버지가 들어오실 시간이 아직 멀었다. 책을 폈는데 이상하게 눈에 들어오지 않았다. 잠도 오지 않았다. 왠지 가슴이 답답하여 옷을 입고 밖으로 나왔다.

가을의 서늘한 바람에 머리가 시원해졌다. 건설장 용접 일은 주로 밖에서 한다는데 환절기에 감기 드실까 걱정되었다. 내일은 시장에서 토종닭이라도 사서 삼계탕을 만들어 드릴 생각을 했다. 까짓거 인터넷에 보면 모든 요리 방법이 다 있으니 이제부터는 내가 요리를 도맡아 해야겠다고 다짐했다.

이때 전화벨이 울렸다. 그 아줌마였다. 끅끅, 흐느끼고 있었다. 그래서 무슨 말인지 잘 알아들을 수 없었다.

"얘⋯⋯, 어쩌면 좋니? 니 아빠가, 니 아빠가⋯⋯."

"무슨 말씀이에요? 아빠가 왜요?"

"날씨가 쌀쌀해서⋯⋯ 목도리를 떠가지고 여기에⋯⋯, 니 아빠 일하는 현장에 왔는데⋯⋯. 니 아빠가⋯⋯, 아이고, 니 아빠가 현장에서 낙상 사고를⋯⋯. 크게 다쳐서 병원으로 갔다고⋯⋯. 이 일을 어쩌면 좋냐?"

손에서 전화기가 미끄러졌다. 바닥에 떨어진 파랗게 네모진 빛 속에서 아줌마 울음소리가 울려 나오고 있었다. 잠시 후, 아줌마 울음이 끊기고 파란 화면에 아버지 세 글자가 떴다. 전화기를 잡으려 허둥거리다 앞으로 푹 고꾸라졌다. 넘어진 채로 간신히 전화기를 집어 들었다.

"아버지! 괜찮으세요? 괜찮으신 거죠? 아버지 많이 다치신 거 아니죠? 아버지!"

전화는 한참 대답을 못 했다. 이어 귀에선 목소리가 들려왔다.

"여기는 병원입니다. 아드님 맞으신 거죠? 죄송합니다. 이 전화기 주인인 아버님은……, 방금 돌아가셨습니다."

"무슨 소리에요? 제발 아빠 바꿔주세요! 어서요! 아빠!"

나는 발을 동동 구르며 전화기에 대고 울부짖었다.

이때 머리 위로 하얀 유성이 떨어지고 있었다. 크고 환한 별똥별이었다. 나는 별똥별을 받아 안을 듯 두 팔을 활짝 펼치며 목메어 불렀다. 아빠!

그날 밤, 내가 본 별똥별은 아빠 별이었다. 온몸을 활활 태우고 헌신하신 아버지의 하얀 별똥별이었다.

가위손

김정애

1968년 함북 청진 출생.
2014년 한국소설 제41회 등단. 2014년 북한인권문학상 수상. 2019년 시월간 제24회
등단. 장편소설 「북극성」 장편연재소설 「둥지」 단편소설집 『서기골 로반』 (공저).

1

요즘 따라 미화는 머리단장에 각별히 신경을 썼다. 여느 간부집 아내들처럼 고급향수를 치고 비싼 화장품을 바르지 않아도 머리단장으로 자연미를 뽐내고 싶은 마음이다.

예술단 가수로 평양의 유명 미용실을 다 다닌 미화는 어디로 갈까 생각하다가 문득 달래의 말을 떠올렸다.

"미화야, 우리 엄마는 공화국 최고의 미용사야. 한번 받아보면 알아"

공화국 최고의 미용사?! 평양에 내가 모르는 미용사가 있다고?

친구의 말을 귓등으로 듣던 미화는 그럴 수 있다고 생

각했다. 근 30년 만에 나타난 달래의 엄마가 공화국 최고의 미용사라는데 이상할 건 뭔가. 고아로 자란 달래가 평양에 나타난 것도, 엄마가 살아 있었다는 것도 수수께끼인데 직접 찾아가 보자. 만약 달래 어머니가 해준 머리가 마음에 안 들면 다시 창광원 미용실에 가면 되니까.

황해북도 사리원에서 태어난 미화는 달래의 단짝 친구다. 미화는 지방산업 공장 간부인 부모덕에 근심걱정 없이 행복하게 자랐다. 그런 미화에게 유독 가슴 아린 부분은 부모를 잃고 할머니 슬하에서 자라는 경실이다. 예쁜 이목구비에 얼굴이 하얀 경실은 별로 웃는 법이 없다. 동네 사람들은 키가 작은 그를 달래각시라고 불렀다. 미화는 달래가 불쌍해 더욱 친근하게 대했다. 타도에서 전학 온 그는 사람들을 피해 다녔다. 그래서인지 한 책상에 앉은 미화에게 조금씩 마음을 여는 달래가 엄청 고마웠다.
하지만 학교의 독창 가수로 전국 노래경연에서 우승한 미화는 졸업하면서 평양예술단에 선발되었다. 평양에서도 이름난 가수였던 그는 청년 간부를 만나면서 결혼식을 올렸다. 지방 사람이 평양에 거주한 것이다. 미화는 고향에 가면 늘 달래부터 찾았다. 하지만 바쁜 일상을 보내며 둘은 점차 소원해졌다. 그렇게 수십 년이 흘렀다.

그러던 어느 날 둘은 평양에서 만났다. 미화를 먼저 알아본 쪽은 달래다. 그날 달래를 만난 미화는 한동안 당황했다. 어딘가 모를 당찬 기운의 달래는 달라져 있었다. 작은 키와 또렷한 눈매, 한쪽 볼에 패인 보조개는 여전한데 성격이 바뀌어 있었다.

얼마 전까지 달래네는 여전히 고아 남매였다. 오빠의 중앙대학 진학과 중앙연구기관 배치로 동생인 달래가 평양에 딸려왔지만 실은 그들은 국가적인 보호 대상이다. 설이면 날씬한 몸매에 긴 생머리의 여자가 검은 양복 차림의 남자들과 함께 달래네를 찾아오곤 했다. 설날은 평양의 박물관, 동물원, 식물원, 유원지를 돌아보는 신나는 날이다. 달래는 선글라스의 젊은 여자에 대해 별로 신경 쓰지 않았다. 다만 달래와 오빠는 백화점에서 옷과 신발을 고르고 고급 식당에서 맛있는 음식을 먹느라 정신이 팔렸다. 꿈같은 설날이 여러 번 지나도 날씬한 몸매에 긴 머리, 검은 선글라스의 여자는 해마다 왔다. 굽 높은 부츠를 신은 젊은 여자는 바람처럼 소리없이 다녔다. 젊은 여자가 오면

유난히 밤하늘을 채운 별빛이 쏟아져 내리는 것 같다. 경실의 오빠는 평양에서도 이름있는 중앙대학을 졸업하고 연구사로 배치받았다.

그런데 어느 날부터 오빠가 돌아오지 않았다. 처음에는 연구과제 때문인 줄 알고 기다렸는데 그게 아니었다. 당황한 달래는 연구소에 전화를 걸어 오빠의 행처를 물었다. 평소 달래를 귀엽게 여기며 반기던 연구소장도 왜서인지 오빠에 대해 묻지도 찾지도 말라며 전화를 탕 끊어 버렸다.

날벼락을 맞은 기분에 넋이 나간 달래는 오빠가 없는 텅 빈 방에서 며칠 밤을 뜬눈으로 샜다. 오빠를 기다리는 마음은 재가루가 되었고 울다가 지친 달래는 기진맥진했다. 달포가 지나도록 오빠는 끝내 돌아오지 않았다.

2

달래네 아파트 현관 밖에 방문객들이 서성이고 있었다. 미화도 경비실로 다가갔다.

"누구를 찾아 왔어요?"

연로보장이 지나 머리가 희끗한 경비원은 은빛 안경테

너머로 달래에게 물었다.

"17층 2호의 박경실을 찾아 왔습니다."

"본인하고는 연락이 있었어요?"

"네, 약속이 있었어요"

미화는 핸드폰을 꺼내 달래를 찾았다. 조금 뒤 헐떡거리면 나타난 경실은 경비원이 내민 일지를 받아 적었다. 방문자의 이름과 나이, 직장, 집 주소, 손전화 번호, 방문목적, 방문시간, 퇴실 시간을 적고 경비원의 승인을 받았다.

현관 로비는 화려한 외경에 비해 좁고 침침했다. 측면에 승강기가 있었으나 사람들은 계단을 이용했다. 17층까지 걸어 올라가자니 아찔했지만 어쩔 수 없다. 달래가 앞서고 2층으로 막 오르는 데 출입문 소리가 들렸다. 야위고 청백한 노인이 계단 쪽으로 다가왔다. 달래는 노인이 다가오자 약간 머리를 끄떡이며 인사했다. 그가 지나치자 달래는 미화의 손을 낚으며 속삭였다.

"남조선 사람이야."

그는 미화에게 못 본 척 하라며 눈짓했다.

"뭐? 남조선 사람?"

달래의 말에 경실은 슬그머니 뒤를 돌아보았다. 헐거운 차림에도 남자의 앙상하고 구부정한 어깨가 그대로 드러났다. 남한사람이 달래네 아파트에서 살고 있다니…….

"의거 입북자래. 제 발로 왔다나?"

달래의 목소리가 서글프게 들렸다. 미화가 다시 돌아보았으나 노인은 보이지 않았다. 스스로 자유의 땅을 버린 이유가 궁금했다.

"어떻게 왔대? 가족은?"

"언젠가 조난당한 남조선 어선을 구조했다는 보도가 있었지? 그 배에 탄 사람인데 자진해서 남았대. 일부는 공화국의 귀순공작에 맞서 싸우다가 끝내 집으로 돌아갔는데 저 사람은 남았지. 선전에 넘어갔지. 그런데 남은 사람들을 다 따로 배치해서 서로의 안부도 모르고 살고 있대. 후회할 거야."

달래는 잘코사니 하다며 콧방귀를 날렸다.

"그럼 혼자 사니? 아내가 없냐 말이다."

"없긴, 당에서 아주 쌩쌩한 젊은 여자를 붙여주었어, 귀순한 선물로."

"귀순선물, 진짜 웃긴다. 쌩쌩하다면, 설마, 임신도 가능한 여자를?"

"그럼, 제 자식뻘이 되는 여자지. 바다에서 고기 잡던 늙다리에겐 과분한 선물이지."

달래는 귀순한 노인에게 욕을 퍼부었다.

"아이는?"

"있어. 불쌍하지 뭐, 저렇게 늙은 사람이 아버지라니. 같이 사는 여자는 또 무슨 죄니."

달래는 당에서 남조선에서 온 남자에게 짝을 지어준 여자를 불쌍히 여겼다.

"그 여자 쌀 걱정이라도 하지 않으니 우리보다 낫구나, 그치?"

"그렇다고 충분히 주겠니? 그나저나 저들에게 사랑이란 게 있을런지……"

"너 무슨 말을 그렇게 삐뚤게 하니, 당에서 한 일을……"

달래의 말투가 점점 거칠어지자 미화가 잘랐다.

"정해진 공급이 충분하겠냐 말이다. 그리고 강제로 맺어진 부부가 어떻게 살까?"

"당에서 짝을 지어 주었으니 그냥 사는 거겠지. 무슨 사랑 같은 게 있겠니? 자연의 생리인 본능에만 기대 살겠지, 사랑의 전제가 없이 부부생활을 온전히 할 수 있다는 것은 어려운 일이지. 게다가 부모자식뻘이라며?"

의거 입북자의 말을 하느라 둘은 어느새 17층에 다다랐다.

사람의 팔자란 알다가도 모를 일이다.

고아였던 경실이가 으리으리한 평양아파트에서 살게 될 줄이야.

"여긴 엄마 방이야."

엷은 커튼이 가린 창가에 짙은 브라운색 책장과 책상이 비치되어 있다. 방 가운데 금빛 찻잔이 놓인 원탁과 푹신한 가죽 소파가 고급스러운 분위기를 한층 돋우었다. 벽면에 아름다운 레이스 커버를 씌운 꽃무늬 시트가 잘 정돈돼 누우면 금방 잠에 빠져들 것만 같았다.

"어머닌 어디 가셨니?"

"잠깐 나갔어. 인츰 들어오실 거야."

경실은 친구를 기다리게 한 것이 못내 미안했다.

북향으로 난 방에는 짙은 회색의 커튼이 무겁게 쳐져 있었다.

"웬 조국통일상?"

벽에 '조국통일상'이라고 쓴 액자가 주런히 걸려있다. 수혜자의 이름은 다 달랐다.

"이 사람들은 누구니?"

"우리 친척이래, 남조선에 있어."

달래가 누가 듣기라도 목소리를 낮췄다. 미화도 그를

따라 속삭였다.

"남조선 사람들의 조국통일상이 왜 여기에 있니?"

"지금도 남조선에서 통일혁명을 하고 있지. 그들에게 직접 수여할 수 없으니 우리가 건사한 거고. 원래 장롱에 보관했는데 습기가 차서 엄마가 꺼내 놓았어."

달래는 마치 자기가 받은 상장인 것처럼 어깨를 으쓱했다.

"너희가 남조선에 친척이 많구나. 그럼 이산가족 상봉을 하면 좋겠다."

미화는 이산가족 상봉을 한 뒤 사람들이 친인척에게서 받은 금목걸이를 팔려고 다니는 것을 본 적이 있다. 자본주의 상품이어선지 귀공순이 북조선 제품과 비교할 수 없이 정교했다. 그때 남조선 목걸이를 사지 못한 것은 생각할 때마다 아쉬웠다.

"엄마가 그러시는데 우리는 절대 이산가족 상봉을 신청하면 안 된대"

"왜, 친척끼리 이산가족으로 만나면 되잖아? 금붙이도 받아서 팔고 얼마나 좋니?"

"아니야. 그들이 다 남조선 혁명을 하고 있어서 북조선에 연계가 있다는 걸 꽁꽁 숨기고 있대. 공개하면 안 된다며 이산가족이란 말도 못 꺼내게 해. 다 드러나게 되니까. 그러다가 남조선 친척을 생각하며 하염없이 우시고. 죽기 전에 꼭 한번 만나고 싶다는데 이제는 틀렸지 뭐."

달래는 씁쓸한 표정을 지었다. 다시 만날 수 없다는 걸 초연히 받아들이고 있었다.

"친구가 왔니?"

인기척이 나고 웬 할머니가 들어섰다. 인자하고 부드러운 인상이 달래와 닮아있다. 어디에도 남파되었다가 돌아온 훈련된 간첩이라는 인상은 느껴지지 않았다.

"엄마, 내가 말하던 내 딱친구 미화예요."

"아이고, 눈만 뜨면 자랑하던 친구로구나. 반가워요. 어서 앉아요. 금방 나올게요."

달래 어머니는 금방 옷을 갈아입고 나왔다. 금빛으로 번쩍이는 이발 가위를 든 여인은 한동안 심연에 잠겨 가위를 내려다보았다. 미화는 고급 미용실을 다 돌아보아도 금빛 가위는 처음 보았다.

"금가위네요. 처음 보았어요."

"이 가위로……, 한때는 잘살았었지"

여인의 눈이 창 너머 남쪽을 향했다. 차로 한 시간 남짓한 곳에 그리운 혈육이 있다.

달래의 어머니는 서울에서 30년간 미용사로 일했다. 그녀가 남쪽에서 무슨 일을 했는지는 아무도 모른다. 어느 날 철수 명령을 받고 돌아온 그를 기다린 것은 아들의 죽음이라는 청천벽력이었다.

3

이른 새벽 달래네 아파트에 소동이 벌어졌다. 보위부 소속의 승용차와 트럭이 들이닥치고 보위원 여럿이 뛰어내렸다. 조용한 새벽 시간을 틈타 추방이 진행되는 것이다. 보위원들이 신속하게 움직이고 트럭 위로 달래네 집에서 꺼낸 짐짝이 마구 던져졌다. 마지막으로 달래가 끌려 나왔다. 악을 쓰는 여자의 고함 소리가 고요한 새벽을 찢었다.

"오빠! 내 오빠를 살려내, 오빠는 죄가 없어! 오빠야!"

때아닌 고성에 단잠에 빠졌던 사람들이 깨어나 현관 앞으로 내려왔다. 한 명 두 명이던 사람들이 어느새 수십 명이 되었다. 보위원들이 사람들에게 당장 흩어지라고 소리쳤다. 하지만 누구도 끔쩍 않는다. 모두 묵묵히 서서 추방 장면을 지켜보고 섰다.

그때 승용차 한 대가 서서히 아파트로 들어섰다. 눈부신 라이트 불빛이 현장을 밝히고 까만 승용차에서 깔끔한 정장 차림의 남자들과 긴 생머리의 여자가 내려섰다.

날씬한 몸매에 긴 생머리, 선글라스를 낀 모습은 설날이면 영락없이 나타나던 그 여자다. 사람들의 눈을 피해 빠른 걸음으로 현관으로 향하던 여자가 흠칫 걸음을 멈춘 것은 보위원들에게 끌려 나오는 달래와 눈길이 마주친 순간이다. 못 박힌 듯 멍하니 섰던 여자가 어찌 된 영문인지 몰라 주위를 둘러봤다. 다시 달래를 보던 여자가 휘청거렸다. 간신히 마음을 다잡았는지 여자가 돌아서 보위원들에게 다가갔다. 몇 마디 말을 하던 그녀가 고함을 질렀다. 곧이어 여자가 선글라스를 벗어 던지고 긴 머리 가발마저 벗어 던졌다. 짧은 컷의 60대 후반의 여자다. 그는 추방 트럭을 가로 막고 섰다.

"안돼, 내 앞에서 한 발자국도 못가!"

여자의 돌발행동은 충격적이다. 누가 감히 국가보위부의 앞을 가로막는단 말인가. 사방에 흩어져 있던 보위원들이 총가목을 틀어쥐고 몰려왔다.

"뭐야! 당의 결정에 반항하는가? 죽고 싶어?!"

추방령을 집행하던 보위부 간부가 여자를 향해 소리쳤다.

여자가 희미하게 조소를 지었다. 송곳 같은 시선으로 보위원의 앞으로 한 발씩 다가가는 발자국소리에 서릿발이 돋쳐있다. 둘이 마주 서고 모두가 긴장한 그 순간,

"내가 누군지 알아?"

여자의 말이 위압적이다.

"뭐, 이게 미쳤어? 썩 비켜, 쏴버리기 전에."

그래도 여자는 눈썹 하나 까딱하지 않는다. 그녀의 강단에 모두가 긴장했다. 여자가 품에서 신분증을 꺼내 보위원의 코앞에 내밀었다. 당황한 나머지 무슨 증명서인지 들여다보던 간부가 차렷 자세로 거수경례를 붙였다.

신분증 아래에 조선노동당 중앙위원회라는 금빛 글자가 또렷이 드러났다.

"죄송합니다. 미처 알아보지 못했습니다."

적국에서 30년 세월을 살아온 순임이다.

"중앙당에 연결해! 내 대호를 보내, 어서."

여자가 다시 달래를 돌아본다. 그리고 사방을 보며 다 들으라는 듯 길길이 소리쳤다.

'내가 나라를 위해 충성하는 동안 내 아들딸을 잘 키워준다더니 이것이었어? 키워서 잡아먹는 게 당이고 조국이냐? 안 된다, 너만은 절대 빼앗길 수 없어!'

무얼 믿고 저렇게 당당한지 보는 사람들이 사시나무 떨듯했다.

그녀의 비장한 모습에 새벽공기가 얼어붙었다. 여자의 눈빛은 누구라도 해치울 것 같이 이글거렸다. 동행한 남자들이 어디론가 분주히 전화를 걸고 상황을 파악한 보위원들도 위축되어 한쪽에 몰려 있었다.

과연 그녀는 보통 인물이 아니었다. 한 치의 흔들림 없는 그녀의 시선이 흐르고 마침내 철수 명령이 떨어졌다. 추방 결정이 즉시 해제된 것이다. 그제야 여자는 주저앉았다. 하나뿐인 아들은 이미 총살된 뒤다. 애오라지 자식들을 만나려고 사선을 헤치고 돌아 왔건만 비통하게도 아들은 총살당한 뒤였다. 엄마가 없는 곳에서 영영 떠나갔다.

갓 대학을 졸업하고 친한 연구원들과 남한 드라마를 본것이 불행의 화근이었다. 달래 오빠가 총살당한 것은 연구실을 집합장소로 제공하고 적대국의 영상물을 보관한 것이다. 영상 유포의 두목이라는 것이다. 자기주장이 강했던 젊은 연구사를 살려두면 그를 따르는 신세대의 사상결집도 무시할 수 없었던 당국은 가차 없이 그를 총살했다. 그리고 아래 사람들이 분별력이 없어 그만 실수를 했다며 잘못을 인정한다. 한발만 늦었다면 하나 남은 딸마저 어찌 되었을지 모른다는 사실에 순임은 소스라쳤다. 아들딸이 아니면 조국으로 돌아오는 것을 몇 번이나 포기하려 했던 그녀다.

S 특별시 중심가에서 미용실을 운영하던 순임은 조국으로부터 긴급 철수지시를 받았다. 30년 만에 철수하게 된 것이다. 1분 1초가 생명인 순임은 가위 하나만 챙겨 들고 미용실 문을 닫았다. 숨 막히는 긴장으로 30년 세월을 함께 한 손때 묻은 가위다.

"엄마 뭐해"

딸의 재촉하는 소리에 엄마가 돌아섰다.

웃고 있는 그녀의 얼굴에 깊은 회심이 어려 있다. 살아서는 다시 갈 수 없는 곳. 살아서 꼭 한번 보고 싶은 얼굴, 그리운 사람들은 멀리에 있지 않다. 그러나 이제는 영원히 갈 수 없다.

'내 대에는 안 되갔구나……'

저녁노을에 금빛 가위가 빛나고 여인의 손길이 현란하게 움직였다.

함흥역에서

도명학
1965년 북한 양강도 혜산에서 출생.
김일성종합대학 조선어문학부 창작과 수료.
전 조선작가동맹 시인, 반체제 활동 혐의로 국가안전보위부 3년 투옥, 2006년 출옥
후 탈북 및 국내 입국.
한국소설가협회 월간지 『한국소설』로 등단.
대표작 『잔혹한 선물』(소설집, 2018우수문학나눔도서 선정작),
시 「곱사등이들의 나라」 「외눈도 합격」 「철창너머에」 「안기부소행」 등이 있고, 공동소
설집 『국경을 넘은 그림자』 『금덩이 이야기』 『꼬리없는 소』 『단군릉 이야기』 『원산에서
철원까지』 『해주인력시장』 『한중대표소설집』에 참여.

함흥역은 살벌하다. 타지방 사람은 자칫하다간 무슨 변을 당할지 모르는 곳이 함흥역이다. 낮이고 밤이고 굶주린 승냥이 같은 도둑들이 이 사람 저 사람 훑어보며 먹잇감을 찾는다. 살아있는 것조차 기적인 사회에 어딘들 도둑이 없겠는가만 함흥역은 험악해도 너무 험악했다. 도둑질 정도가 아니라 아예 날강도 판이다. 그나마 도둑은 훔치다 들키면 뺑소니라도 치니까 양심은 있는 셈이다. 강도는 문자 그대로 강제로 뺏는 짓인데, 함흥역이 그 판이다. 타지에서 온줄 알면 무작정 다가가 돈이든 물건이든 내놓으란다. 좀 도와주세요, 하는 태도가 아니라 좋게 말할 때 안 들으면 죽을 줄 알라는 협박이다. 심지어 내놓으란 말조차 없이 다짜고짜 남의 가방이나 호주머니에 손을 넣어 꺼낸다. 무슨 짓이냐고 막으면 오히려 제 편에서 이빨을 드러내고 으르렁댄다. 놈들은 예리한 안전면도기 날을 검지와 중지 사이에 끼우고 다닌다. 수틀리면 얼굴을 그어버리기도 한다. 반항하다 얼굴이 X자로 그어져 피를 줄줄 흘리며 병원으로 뛰어가는 사람도 있었다. 범인은 사람들이 순찰 중인 안전원(경찰)과 규찰대에 큰 소리로 알렸는데도 도망갈 대신 비실비실 웃으며 자리를 떴다. 무법천지가 따로 없다.

내가 함흥역에 내렸을 땐 날이 어두워질 무렵이었다. 목적지인 장진군에 가려면 함흥역에서 열차를 갈아타야 했다. 하지만 그쪽으로 가는 지선 열차가 언제 출발할지 미정이었다. 본선 열차도 제대로 다니지 못하는 정도니 지선 열차는 더 말할 형편도 못 된다. 하염없이 기다릴 수밖에 없다.

역대합실은 땀 냄새, 담배 냄새, 음식 냄새가 뒤섞인 퀴퀴한 냄새에 절어있어 들어가기 싫었다. 그냥 밖에 있으려니 바깥은 바깥대로 지저분하고 구석구석 지린내가 풍겨 마땅히 앉을 곳을 찾지 못하고 서성거렸다. 괜찮아 보이는 자리는 이미 사람들이 차지하고 있었다. 그러고 있는 사이 날이 완전히 어두워졌다. 등에 배낭을 진채 계속

서고만 있을 수 없어 아무 곳에나 종이를 펴고 주저앉았다. 펄펄 끓는 칠월이라 날이 저물어도 계속 땀이 났다. 그러다 별생각 없이 땀을 닦아낸 손수건을 머리에 얹은 것이 화를 부를 줄 몰랐다. 사냥감을 찾아 돌아다니던 도둑이 손수건에 쓰여 있는 우리 회사 명칭을 보고 내가 외지인임을 짐작하고 접근했다. 어디서 얻어맞은 건지 한쪽 눈이 벌겋게 된 자가 다가와 -헹니메 담배 한 대 좀 빌기요, 했다. 없다고만 해봐라, 가만두지 않겠다는 말투다. 괜히 건더기 잡힐 것 같아 언짢은 대로 담뱃갑을 꺼내 한 대 뽑아 건넸다. 하지만 받은 담배를 입에 무는 대신 귀에 끼우고는 또 손 내밀었다. -이왕 주는 거 대여섯 대 더 주오. 저기 우리 동미(동무) 아새끼들이 있어서 그러오, 한다. 염치기 떡판이다. 언짢은 대로 대여섯 개비 꺼내주니 -불두 좀 주오, 한다. 울컥하는 걸 참고 라이터를 내밀었다. 그러자 이번엔 라이터를 받아쥐고 한다는 소리가 -아야, 이 라이터 어디서 주웠소? 이거 내 동미 잃어버린 라이터구나. 한다. 아닌 밤중에 홍두깨라더니 무슨 헛소리야. 이제 본색을 드러내기 시작한 것이다. 쓴웃음이 절로 나왔다.

"이건 내가 열흘 전부터 쓰던 거요."

"뭐 열흘 전부터? 아, 이 헹니미 솔직하지 못하구나."

"내가 주었으면 주었다고 말하지 그깟 라이터 한 개 뭐라고 거짓말까지 하겠소?"

"흥. 말은 잘하네."

도둑은 역대합실 입구에 얼쩡대는 패거리를 향해 오라고 소리쳤다. 세 놈이 우르르 다가왔다.

"왜 불렀어? 무슨 일이야?"

"야 수캐, 이게 아까 잃어버린 니 라이터 맞지?"

"내 라이터? 가만, 좀 보자. 아아 맞다, 이건 어디서?"

"여기 이 헹니미 가지고 있더라. 근데 자기 라이터라고 우긴다."

"우긴다고?"

수캐란 놈이 개처럼 생긴 낯짝을 내 눈앞에 바짝 들이밀고 뇌까렸다.

"어째, 이 헹님, 살기 싫어졌나?"

너무 억이 막혀 말이 나가지 않았다.

"생긴 건 멀쩡하게 생겼는데 도둑이네."

"나 그런 사람 아니오. 라이터 필요하면 그냥 써도 좋소."

작정하고 트집 잡는 놈들이니 그렇게라도 모면하는 것이 나을 듯했다. 하지만 통하지 않았다. 이번엔 얼굴에 칼자국이 험악한 다른 놈이 이를 사려 물고 주걱턱을 들이밀었다.

"아 이 새끼. 탁구알 굴리는 거 봐라."

"……"

탁구알? 탁구공을 말하는 것 같은데 뜬금없어 어리둥절했다. 놈은 내가 알아먹지 못하는 걸 알고 눈을 찌를 듯 손가락을 들이대며 ―이 눈깔 굴리지 말라고, 했다. 타지방에선 들어보지 못한 이놈들만의 주둥이질이었다. 화가 욱 치밀었다. 마음 같아선 군대 때 닦은 실력으로 단박에 요정내고 싶지만 참을 수밖에 없다. 이 살벌한 외지에서 그래봤자 더 큰 화를 당할 게 뻔했다. 게다가 드세기로 소문난 함흥 얄개들 아닌가. 텃세는 또 어떻고, 뭐든 함흥이 최고여야 한다는 '함흥 제일주의'는 뿌리 깊은 근성이다. 죽으면 죽는 거지 지고는 못 살며 꺾이면 꺾였지 굽히지는 못한다는 함흥, 그중에도 이놈들은 날도둑이다.

"뭘 또 훔쳤는지 보자." 수캐란 놈이 불쑥 내 가방에 손을 뻗쳤다.

"왜 이러오? 훔치긴 뭘 훔쳐요?" "알 게 뭐야. 떳떳하면 가방 열어보잔 말이야." 수캐는 막무가내로 배낭을 잡아당겼다. 나도 뺏기지 않으려고 배낭끈을 감아쥐었다.

"이 새끼 못 놓겠니." 수캐가 제 편에서 으르렁댔다. 낮에 칼자국 있는 놈도 가세했다.

"요 마른 명태 같은 새끼 봐라. 이런 새끼들이 함흥역이 도둑놈 소굴이란 소리 듣게 한단 말이야." 뻔뻔해도 유분수지 그게 너희들 할 소리냐, 소리 지르고 싶어도 가방부터 지켜야 했다. 특수부대 출신인 내게 이들 셋을 패버리는 건 일도 아니었다. 군 복무 때 이웃 보병부대 애들과 시비가 붙어 단신으로 일곱이나 해치웠던 나다. 하지만 지금은 이들 도둑무리가 얼마나 더 있을지 모른다. 주먹이 부르르 떨렸다. 나는 배낭을 필사적으로 잡아당겨 껴안으며 -강도다! 하고 소리 질렀다. 그 순간 눈에 불이 번쩍했다. 칼자국이 내 얼굴을 발로 찬 것이다. 자제력을 잃어버린 내 몸이 즉각 반응했다. 용수철처럼 튀어 오르며 쳐갈긴 돌려차기에 칼자국이 썩은 나무처럼 자빠졌다. 놀란 두 놈이 동시에 면도칼을 빼 들었다. 사람들이 모여들었다. 그 속에서 사내 몇이 -뭐야, 무슨 일이야, 하며 튀어나왔다.

"이 새끼 도둑놈이요, 오히려 사람 치오."

도둑들이 내게 삿대질했다.

"정말이야?"

사내들이 물었다.

"직접 물어보오. 뭐라는지."

사내들이 내게 시선을 모았다.

"난 도둑질하지 않았소. 생소리 하는 거요." 나는 너무 억울하다고 자초지종을 설명했다. 모여든 사람들 모두 중 구난방 저 사람 말이 맞는 것 같다며 내 역성을 들어 웅성 거렸다.

난처해진 수캐가 목에 핏대를 세우고 이놈이 거짓말한 다고, 도둑놈이 솔직히 말하는 걸 봤냐며 펄쩍 뛰었다. 도 둑이 도둑 잡아라, 하는 격이었다. 하지만 사내들은 아가 리 그만 털고 꺼지라며 궁둥이를 발로 찼다. 놈들이 툴툴 거리면서도 비실비실 자리를 떴다. 이 사내들이 누군지 정 체를 알 순 없었으나 좀 전까지 살기등등하던 놈들이 대 항할 대신 꽁무니를 빼는 것이 신기했다. 아무튼 배낭을 뺏기지 않은 것은 다행이었다. 도둑놈들이 사라지자 사내 들은 내게 여기 그냥 있으면 저놈들이 또 올 거니까 자기 들과 함께 가자고 했다. 자기들은 노동자규찰대라고 했 다. 아, 그랬었구나. 긴장했던 가슴이 한숨을 뿜었다. 자칫 무슨 더 큰 화를 당할지 모르는 찰나에 나타난 이들이 구 세주처럼 여겨졌다. 아무리 세상이 무섭게 변했다 해도 아 직 막판까지 온 건 아니라는 생각이 들었다. 배낭을 메고 따라가니 역전 바로 앞에 있는 아파트 어느 집이었다. 들어서니 할머니가 집주인이었다. 그런데 반기는 기색은 아니었다. 오히려 딸은 오지 않고 외눈깔 사위만 온다더니 하며 시큰둥한 반응을 보였다. 일행 중 한 명이 불쾌한 얼굴로 -아마이(할머니), 우리 오는 게 싫소? 인상이 왜 그렇소? 우리가 뭐 남조선 괴뢰군이오? 했다. 할머니는 -너들 괴뢰군보다 나은 건 또 뭐야, 했다.

"근데 아마이는 숙박 손님 데려다줄 때는 좋아하더니 어째 요즘은 지주 마누라 심보요?"

"야, 내가 지주 마누라면 너는 왜정 때 일본 순사다. 생긴 상통만 봐도 딱 순사다. 나두 죽지 못해 사는 날까지 먹고 살자니까 이 짓 하지 재밌어서 하겠니?"

"그러니까 우리 이 손님 데려오지 않았소? 다른 집에 데려갈까 하다가 이 집에 왔더니만."

나를 두고 하는 말이었다. 대화를 들으니 역에서 언제 올지 모르는 기차를 기다리는 손님들을 재워주고 살아가는 '대기숙박집'이었다. 허가받지 않은 불법 숙박업이지만 전국 어디나 있는 업종이다. 각양각색 별의별 사람들이 다 거쳐 가는 곳이니만큼 빈번히 싸구려 성매매 장소로, 혹은 범법자들 회합 장소로 활용되기도 해 수시로 단속하지만 별 효과 없다.

주인 노파는 내가 숙박 손님임을 알아채고 금세 태도를 바꿨다.

"손님, 미안하오, 내 이렇게 주책머리 없다니까. 그래 손님은 어디까지 가오?"

"장진까지 갑니다,"

"어이구 장진 가는 기차 어제 떠났는데 손님이 발이 안 맞는다. 다음 차 타자면 빨라야 내일이나 모레 있으면 다행이오."

"아 그래요?"

걱정됐다. 오늘 몇 시간 있는 동안에도 도둑놈들 성화에 시달렸는데 아직 하루 이틀 더 기다리려면 또 그동안 무슨 화를 당할지.

사내들이 주인 노파에게 술을 청했다. 안주는 모두부와 김치뿐이다. 노파는 집에 든 손님에게 술과 두부를 팔아 추가로 벌고 있었다. 술상이 놓이자 사내들은 내게도 함께 마시자고 했다. 초면에 술자리 함께 하기가 좀 어색했지만 사양하기도 그렇고 하여 마주 앉았다. 또 이들 덕분에 뺏길 뻔한 배낭도 지켰고 장진행 열차가 올 때까지 거처할 곳도 생겼는데 인사치레 겸 술 값쯤은 내주는 것이

도의에 맞을 것 같았다.

술이 몇 잔 들어가자 모두 말이 많아지기 시작했다.

"근데 헹님은 어디서 왔소?"

내 맞은편 사내가 말을 걸어왔다.

"평남 순천이오."

"아 순천, 거기 나두 몇 번 가봤소. 순천시멘트공장에 시멘트 받으러, 그 공장 놈들이 시멘트 한번 받으려면 어찌나 애먹이는지 내 갈 때마다 진짜 애먹었다니까."

"거기 사람들 원래 그렇소. 전국 각지에서 다 오니까 배통 내밀게 생겼지. 뇌물 없으면 이 핑계 저 핑계 대면서 주질 않아요."

"맞소, 어디 그뿐이오. 한쪽으론 시멘트 빼돌려 술 처먹고 고기 처먹고 별 지랄 다 하더구만. 국가재산 도둑놈들이지. 근데 헹님은 순천에서 무슨 일 하오?"

"나두 그 시멘트 공장 다니오."

"그렇소? 난 그런 줄도 모르고 괜히 아무 소리나 해서 미안하오."

"날 욕한 것도 아닌데 뭐. 난 그냥 일하는 노동자일 뿐이지 시멘트 출고 맡은 사람들과 아무 상관 없소."

"혹시 고향이 순천이 아니잖소? 말씨 딱 들어보니까 평안도 말씨 같지 않소."

"아 고향은 거기 아니고 나두 원래 함남 사람이오. 장진
사람이오."

"아 그렇구나. 그럼 순천은 어떻게 가게 됐소?"

"군대서 제대하면서 배치받은 곳이 순천시멘트공장이
오."

"그거 잘 됐다야. 장진 산골보다야 순천이 훨씬 낫지. 감
자만 먹구 방귀 뽕뽕 뀌는 장진 감자바우 뭐이 좋소."

내겐 감자바우란 소리가 거슬렸다. 군대 때도 부분대장
되기 전까진 툭하면 감자바우 소리에 기분 나빴는데 말이
다. 아무리 누가 뭐라든 장진은 내가 태를 묻고 자란 고향
이고 어머니와 누이동생이 있다. 산중 바다 같은 장진호가
펼쳐져 있고 넓은 초원에 하얀 구름 같은 양떼가 한가로
이 풀 뜯는 개마고원. 인심 박하고 소란스러운 대도시 것
들이 그 정서를 어찌 다 알까.

"듣기 안 좋구만, 감자바우 어쩌구저쩌구 해두 난 장진
에서 살면 살았지 함흥에선 못 살겠소."

술김에 한마디 뱉었다.

그러자 옆자리에 앉은 사내가 태클을 걸었다.

"아따, 말하는 거 봐라. 함흥이 어째서. 장진 산골에 자

라서 뵈는 게 없나."

"말이 좀 심하구만. 장진은 그래두 함흥 같은 도둑놈 판
은 아니오."

"뭐 도둑놈 판? 아 술이 확 깬다. 이거 살려주니까 못하
는 소리 없구나."

그는 단박에 때리기라도 할 듯 술독 오른 얼굴로 노려
봤다.

"됐다. 그만해라, 시끄럽다."

좌중에서 제일 나이 많아 보이는 사내가 소리쳤다.

"이것들이 곱게 술이나 처마실 게지 괜히 난리야. 야, 딱
보면 모르겠나. 저 배낭에 든 게 쌀 같은데 감자가 좋으면
평남도서부터 저 무거운 쌀 배낭 지구 왔겠어? 원래 산골
놈 고집 쇠고집인 거 모르나."

오히려 말리는 척하면서 더 못된 소릴 뱉는다.

"어이 장진, 내 하나 묻자. 순천 시멘트 공장은 식량 배
급 주나? 못 주겠지. 그럼, 저 쌀 어디서 생겼어? 보지 않아
두 뻔하지. 공장 시멘트 몰래 퍼다 주면 농장에서 바꾼 쌀
아니야? 그니까 너부터 도둑인 주제에 뭐 함흥이 도둑놈
판이라고? 어디 솔직히 대답 좀 해봐."

"……"

말이 안 나왔다. 일이 별나게 돌아가고 있었다. 불길한 느낌이 확 들었다. 이놈들 정체가 대체 뭘까. 노동자규찰대가 맞긴 맞나 하는 생각이 뇌리를 스쳤다.

"얼른 대답 못 하잖아. 저 쌀 배낭은 회수다. 인민위원회에 애국미로 가져가니 그리 알고 썩 꺼져라."

황당하기 짝이 없었다.

"아니 이런 법이 어디 있소?"

나는 다급히 배낭을 꺼당겼다. 그러자 우르르 한꺼번에 몰려들어 내 몸을 짓눌렀다. 한 놈은 칼을 꺼내 내가 잡은 배낭끈을 썩둑 잘랐다. 와락 배낭을 그러안았다. 그러자 물매가 온몸에 쏟아졌다. 벌떡 일어나 대항하려 했으나 놈들은 깨뜨린 술병을 들고 씨를 태세를 취했다. 좁다란 집안에서 문까지 걸어 잠그고 흉기를 든 채 덤비는 놈들을 이길 순 없어 보였다. 이런 땐 놈들의 긴장부터 늦춰놓고 역습할 기회를 노려야 했다.

"좋소, 내가 배낭 두고 가겠으니까. 이만하기요."

갑자기 돌변한 태도에 놈들의 눈빛이 흔들렸다.

"새끼, 진작 그랬어야지, 괜히 매는 매대로 맞고. 야, 출입문 열어줘라. 곱게 보내주자."

제일 나이 많은 놈이 지시했다.

밖에 나오니 달이 환해 너무 어둡진 않았다. 어처구니없이 당한 기분이 엿 같았지만 당장 배낭을 되찾긴 힘들 것 같고, 침착하게 다른 방법을 찾아보기로 마음 바꿨다. 일단 도로 건너편 가로수 뒤에서 대기숙박집 동태를 살폈다. 조금 있어 문이 열리더니 술자리에서 나와 마주 앉아 주절대던 놈이 나왔다. 몰래 뒤를 밟아볼까 하다가 아직 다른 놈들이 남아있기에 그만뒀다. 십 분쯤 지나자 혼자 갔던 놈이 웬 아낙네와 함께 다시 나타나 집안에 들어갔다. 한참 후 아낙네가 나왔다. 뒤에 배낭을 어깨에 얹어 멘 놈이 꽁무니를 따랐다. 내 배낭이 분명했다. 어디로 가져가는지 슬금슬금 뒤를 밟았다. 도착한 곳은 아파트 뒷골목 단층집이었다. 대문 안에서 개 짖는 소리가 나더니 곧 잠잠해졌다. 곧 대문이 다시 열리고 배낭 메고 왔던 놈이 빈 몸으로 나와 주위를 한번 살펴보곤 사라졌다. 배낭 있는 장소를 알았으니 이제 아낙네의 정체를 알아보기로 했다. 방법은 옆집에 물어보는 거였다. 똑똑 옆집 문을 노크하자 안주인으로 보이는 중년 여성이 얼굴을 내밀었다.

"밤중에 실례지만 하나 좀 물어봐도 될까요?"

"네. 뭘요?"

"이 동네에 시 인민위원회에 다니는 사람 있다던데 어느

집인지 몰라 그럽니다.”

“없습니다. 있으면야 내가 인민반장인데 모를 수 있나. 그런 사람 없습니다. 잘못 알고 찾아온 것 같습니다.”

“하, 그럴 리 없는데, 분명 이 골목 높은 대문 있는 집이라고 했는데.”

“이 골목 높은 대문이면 이 옆집 밖에 더 있나. 이 집은 장마당에서 쌀장사합니다.”

“네, 알겠습니다. 내가 잘못 알았군요.”

쓴웃음이 나왔다. 개자식들이 뭐 인민위원회에 내 쌀을 애국미로 바쳐? 장사꾼한테 내 쌀을 팔아먹다니. 이가 부드득 갈렸다. 당장 장사꾼 집에 쳐들어가 그 쌀 내놓으라고 할까 하다가 그만뒀다. 그래봤자 자기 돈 주고 산 것을 내줄 리 없었다. 실력행사로 뺏어낼 순 있겠으나 그러면 내가 강도가 되는 짓이었다. 잡히기라도 하면 아무 인맥 없는 외지에서 중범죄로 재판받고 중형을 면할 수 없을 것이었다.

어쨌으면 좋을지 갑갑하기 그지없었다. 안전부에 신고할까. 그것 말고는 할 수 있는 것이 없어 보였다. 더 지체할 새 없이 역전안전부로 뛰어갔다. 빨리 해결하지 않으면 내일은 쌀이 장마당에 나가 팔려버리고 만다. 역전안전부에 들어서니 팔에 '검열관' 완장을 두른 안전원 한 명이 꾸벅 꾸벅 졸고 있었다.

"무슨 일이요?"

"신고할 게 있습니다."

"신고? 얘기하오."

"강도를 당했습니다."

"어디서?"

"저기, 역전 앞 아파트 대기숙박집입니다."

"노친네 혼자 사는 그 집이요?"

"예"

"허허 참, 또 그 집이군."

안전원이 알고 있는 것으로 보아 그 집에서 발생한 문제가 많은 모양이었다.

"그래, 어떻게 된 건지 자세히 얘기해보오."

나는 맨 처음 나타났던 도둑무리들 행패와 그들을 쫓아내고 노동자규찰대라면서 대기숙박집으로 데려간 자들과 있었던 일, 쌀 장사꾼 집을 알아낸 것 전부를 말해줬다.

"흠, 알만하군."

안전원이 움쭉 일어나 허리에 찬 권총집을 바로 잡고 손전등을 들었다.

"가보기요."

대기숙박집에 이르자 안전원은 손가락도 아니고 주먹으로 쾅쾅 문을 두드렸다.

"숙박 검열이요. 문 여시오. 아 빨리 열라니까. 뭐가 이리 굼뜨오?"

안에서 에헴 에헴 기침소리가 들리더니 문이 삐죽 열렸다. 손전등 불빛이 집안을 쫙 비쳤다.

"불 켜시오. 몇 신데 벌써 불 끄고 뭘 했소?"

"그럼, 손님이 피곤하다고 일찍 자겠다는데 꺼줘야지 어쩌오?"

"이 노친네, 하지 말라는 대기숙박 기어코 하면서도 봉사성 하나는 높구만."

"내 원래 그렇지비."

노파가 계면쩍게 웃었다.

"아하, 그래서 이 집에 계속 도둑놈 새끼들이 들락거리겠구나."

"원. 무슨 소릴, 그눔아덜이 기어코 막 밀구 들어오는 거 이 늙은이 어떻게 당하오."

"말은 좋소. 술 팔아먹는 재미에 받아들이겠지. 그건 그거고, 아까 이 사람한테 쌀 배낭 뺏은 게 어느 놈들이요?"

노파가 나를 힐끗 쳐다봤다.

"배낭 빼앗겼소? 어째서?"

나는 능청스럽게 딴전 부리는 노파 꼴이 메스꺼워 대답 안 했다.

"딴말 말고 그 새끼들이 누군지 말하오."

"누군 누구겠소. 규찰대 아덜이지."

"근데 왜 이 사람 배낭 빼앗소?"

"내야 어쨌는지 모르지. 술상 챙겨주고 숙박 손님 얻으러 역에 나갔으니까."

"아무튼 이 집에서 벌어진 일이니까 당장 가서 그놈들 데려와요."

내키지 않은 얼굴로 문을 나선 노파는 이십 분가량 지나 한 놈만 데리고 돌아왔다. 아까 술자리에서 우두머리 격으로 행동하던 제일 나이 많아 보이던 자였다. 의외로 안전원과 이미 안면이 있는 자였다.

"또 너야?"

"아니 제가 어쨌다고 그럽니까?"

"야 이놈아, 네가 지금도 규찰대야? 쫓겨나고도 규찰대 이름 팔며 계속 개짓거리야. 너 기어코 콩밥 먹어야겠구나."

"아 그게 아니라 도둑이 저절로 걸려든 걸 어떡합니까."

놈은 나를 째려보며 뇌까렸다.

"그래? 이 사람이 도둑이라는 거야?"

"네, 국가재산 빼돌려 쌀과 바꾼 놈이 도둑이지 뭡니까."

"건 또 무슨 소리야?"

"이 새끼가 말입니다. 순천시멘트공장에 다니는데 거기서 글쎄……"

놈은 아까 내게 시비 걸던 대로 미주알고주알 지껄였다.

"인마, 그러면 안전부에 데려와야지 네가 뭔데 쌀 빼앗아 팔아먹어? 개수작 그만 떨고 쌀 판 돈 어쨌나?"

"여기 있습니다. 내일 아침에 안전부에 갖다 바치자고 했더니."

놈이 안주머니에서 돈다발을 꺼냈다. 돈을 건네받는 안전원은 놈에게 내일 아침 안전부에 나와 조서를 쓰라고 했다. 놈은 굳이 조서까지 써야 하는 가고 툴툴대다가 쫓겨났다. 그가 사라지자 안전원은 집주인 노파를 한창 닦달했다. 이제 다시 이 집에서 오늘 같은 일 발생하면 조용히 넘어가지 않겠으니 불법 대기숙박업을 하더라도 말썽 나지 않도록 주의하라고 했다. 겁에 질린 노파는 쩔쩔매며 굽신거릴 뿐이었다. 그 집을 나온 안전원은 이번엔 쌀 장사꾼 아낙네의 집으로 가자고 했다.

밤중에 들이닥친 안전원과 나를 본 아낙네는 얼굴이 사색이 되었다. 쌀은 그대로 있었다. 안전원이 아낙네와 주고받는 대화를 들으니 아낙네는 순수하게 쌀장사 하나만 하는 것이 아니었다. 상습적으로 도둑놈들 물건을 헐값에 넘겨받아 되팔며 이득을 보는 재미에 빠져 있었고, 안전부에 불려 가 경을 치른 적이 한두 번 아니었다.

안전원은 도둑 물건은 회수해야 한다며 내게 쌀 배낭을 메라고 했다. 아낙네도 내일 아침 안전부에 나오라고 으름장을 놓았다.

쌀 배낭을 둘러메고 안전원을 따라 다시 안전부에 돌아가자 안전원은 책상 서랍에서 사건 조서 용지를 꺼내놓으며 여기다 오늘 겪은 일을 상세히 적으라고 했다. 또 거기다 더해 이번에는 쌀을 어디서 어떤 방법으로 착복했는지 솔직하게 적으라지 않는가. 난감했다. 이럴 줄 알았으면 안전부에 왜 찾아왔던지 소용없는 걸음을 한 것 같아 맹랑하기 짝이 없었다. 강도 맞은 쌀을 되찾은 듯싶었더니 오히려 국가재산에 손댄 죄를 묻는 것이 아닌가. 사실대로라면 규찰대를 사칭한 자들이 추측으로 몰아붙이던 말대로 시멘트와 바꾼 쌀이 맞았다. 공장 종업원 모두가 공장에서 이런저런 방법으로 시멘트를 내다 팔아 생계를 유지한다고 해도 과언이 아니었다. 식량 배급이 없고 일을 해도 노임은 쌀 한 되 값도 안 되니 유일한 생존 수단이 공장 시멘트뿐이었다. 그나마 시멘트 공장은 빼돌려 팔아먹을 것이라도 있어 '먹을 알 있는 직장'이다.

조서를 다 쓰자 안전원이 말했다.

"솔직해서 좋구만. 먹고 살자니 국가재산에 손댄 건 알겠는데 그래도 법은 어쩔 수 없지. 내가 어떻게 처리해 줄까?"

"좀 봐주십시오. 안전원 동지 혼자만 아시는 일이지 않습니까."

안전원이 허허 웃었다.

"그러니까 어떻게 봐달라는 건지 투철하게 말해 보오."

"그거야 안전원 동지 결심에 달린 거지 제가 어떻게 알겠습니까."

"그럼, 국가재산 빼돌려 쌀과 바꿨다는 이 조서는 없던 것으로 하고 조용히 보내줄까?"

대답이 망설여졌다. 쌀은 돌려 안주려나?

"왜 대답이 없소?"

"고맙긴 한데, 저, 쌀은 어떻게 되는지?"

"회수해야지. 오늘 사건 증거물이기도 하고. 그건 그렇고 장진에 어머니와 누이동생이 있다고 했나?"

"예, 너무 어렵게 삽니다. 장진은 아직 햇감자도 나지 않을 때니 굶어 죽을 지경이라고, 동생 편지를 받았습니다. 어머니는 심하게 앓는데 죽 한 그릇 해드릴 쌀 한 줌 없길래, 떠난 길입니다."

안전원은 알만하다는 듯 고개를 주억거리며 한참 침묵했다.

"들어보니 사정이 참 딱하긴 하구만. 뭐 누구나 살기 힘들긴 마찬가지지만, 우리 안전원들도 별다를 게 없소. 배급을 준다지만 본인만 주고 가족들은 자체 해결이요."

맞는 말이었다. 작은 뇌물이라도 챙기지 않으면 생계를 이어가기 어려운 것이 안전원들 생활이었다.

"생각 같아선 나도 이 쌀을 돌려주고 싶소. 근데 어제 그 놈들이랑 쌀장사꾼이랑 아침에 와서 조서 쓰기로 했으니 증거물로 이 쌀 남길 수밖에 없거든."

안전원은 또 한참 아무 말 없이 침묵했다. 무슨 방법을 생각하는 것 같기도 하고. 그러더니 단호한 어조로 말했다.

"자. 이렇게 하면 어떻겠소? 쌀은 증거물이니 어쩔 수 없고, 어제 그놈한테 회수한 쌀 판 돈을 줄 테니까 내일 장마당에서 다른 쌀을 사면 되지 않소?"

"네?"

귀가 번쩍 띄었다. 아, 하는 외마디 비명마저 나왔다.

"정말, 고맙습니다. 그렇게만 해주신다면야, 잊지 않겠습니다. 꼭 한번 신세 갚겠습니다."

너무 기뻐 연신 고개를 주억거렸다.

"흠. 신세 어떻게 갚으려고? 다들 그렇게 말하는데 지나가면 그뿐이지. 이젠 훗날 보자는 말은 듣기도 싫어. 건당해야지."

안전원이 품에서 돈다발을 꺼내 세어보고 나서 그중 몇 장을 덜어내고 내 앞에 툭 던졌다. 그리곤 덜어낸 지폐 몇 장을 가리키며 신세 갚음은 이거면 될 것 같은데, 하며 웃었다. 기분이 살짝 거슬렸다. 그 정도는 어련히 내가 알아서 주겠건만. 그래도 고마운 건 사실이니 몇 장 더 건네줬다. 안전원은 입이 헤벌쭉해 좋아했다. 불미스러운 일이나 도움받을 일이 생기면 혼자 해결하느라 말고 즉시 찾아오랬다.

나는 안전부에서 나온 역대합실에서 날 밝기를 기다렸다. 배가 몹시 고팠다. 어제 그 난리 통에 저녁을 굶었었다. 아침이 되자 역 앞에 음식 장사꾼들이 몰려나왔다. 나는 길바닥에 쪼그려 앉아 옥수수 국수 두 그릇을 곱빼기로 사 먹은 후 안전원이 알려준 다른 대기숙박집을 찾아갔다. 장진행 열차가 언제 떠날지 모르는데 밖에서 지내다간 또 무슨 화를 당할지 몰랐다. 그날 오후 역전에 나갔다 돌아온 집주인이 장진행 열차가 한 시간 후 출발 예정이라는 안내방송이 나왔다고 알려줬다. 갑자기 열차가 떠난다는 소식에 마음이 급해졌다. 빨리 장마당에 가서 쌀을 사야 했다. 역전에서 가까운 장마당에 가서 쌀 파는 곳으로 갔다. 가격을 따져가며 매장들을 둘러봤다. 모두 가격이 다 어슷비슷해 더 돌아봐야 거기서 거길 것 같아 한곳에 걸음을 멈췄다. 그 순간 내 눈을 의심하지 않을 수 없었다. 아! 하는 비명이 저절로 터져 나왔다. 안전부에 있어야 할 내 쌀 배낭을 본 것이다. 이게 어떻게?

그 안전원 새끼가 팔아먹었구나.

머릿속이 하얘졌다. 결국 다 같은 도둑놈들 아닌가. 그 쌀을 팔아먹으려 조서 쓰러 오라고 부른 자들을 앞에 앉혀놓고 어떻게 잔꾀를 부렸을지도 짐작이 갔다.

기는 도둑 위에 뛰는 도둑이 있고 뛰는 도둑 위에 나는 도둑이 있는 곳. 그러고 보면 나는 기는 도둑일 뿐. 내 위에 뛰는 도둑, 나는 도둑한테 먹히는 건 당연할 수밖에. 해는 떠도 낮이 없고 달이 떠도 빛이 없는 함흥역 25시는 이러했다.

어버버 외 9편

위영금

1968년 함경남도 고원군 출생.
2020년 시집 『두만강 시간』, 2022년 혜산 문학상 아시아의 시선상
2023년 에세이 『밥 한번 먹자는 말에 울컥할때가 있다』

어버버

애써 잡히지 않는
또렷한 그림

반벙어리처럼
혓바닥을 늘려

어버버

떠난 것들을 부른다

키스

첫 번째 키스에 입술을 베였습니다
두 번째 키스에 입술을 깨물었습니다
세 번째 키스에 영혼을 버렸습니다

부끄러워 마셔요

부끄러워 마셔요 힘없는 당신 지금까지 살아있는 것만
도 기적이에요 이제 당신 매력을 드러내셔요 숨지 말고 당
당히 앞으로 나오셔요 당신은 멋지고 아름다워요 누가 당
신에게 돌을 던지나요 정조를 짓밟은 사람들은 정조를 지
키라고 말하지요 정조는 누구 것도 아니에요 자신 것이죠
지조를 얻기 위해 정조를 지킬 필요는 없어요 울음은 세상
에 던지는 질문이죠 눈물 많은 당신 부끄러워 마셔요

착한 당신

　사슴 같은 눈을 가진 당신 착한 눈으로 두만강을 건넜
다지요 조준하고 있는 총구에도 물새처럼 날아서 강을 건
넜다고요 새털 같은 몸 건사할 곳 없어 낯선 곳에 버려졌
구요

　얼마나 무서웠을까요

　메콩강 건너 두 아이를 이끌고 기어이 대한민국에 왔네
요 꼬깃꼬깃 잔돈 모아 늦은 나이 대학 공부 시작한 당신
착한 웃음 지어 보일 때 정말 행복한 것 같아 속아 넘어갑
니다 하지만 웃음 뒤 그늘이 보여요 북쪽에 두고 온 가족
이 있거든요

　정말로 착한 당신 언제까지 착할 건가요

다시 만나자는 거짓말

기약할 수 없는 길이었어요 살아있을 거라 장담 못 했죠
그러면서 헤어지는 순간 다시 만나자 약속했지요 조금만
기다려 달라고 말이지요

지키지 못할 약속은 왜 했을까요

이제는 영영 돌아가지 못 할지 모릅니다 살아서 만나지
못하면 죽어서는 만날 수 있을까요 사랑은 돌아오는 것이
라는데 다시 만나자는 약속은 거짓말이 아닐지 모릅니다

당신 누구예요

당신 누구예요
이름부터 말해요
이름이 있어야 하나요
저는 그냥 여기 있어요
때로는 바람이고
때로는 구름이고
때로는 별이기도 해요
함부로 다가오지 마세요
함부로 꺾지 마세요
스스로 핏빛 되어
그 자리에 있는 꽃
그저 조용히 보아 주세요
아직은요

어찌 그리하셨습니까? 수령님

나, 한창 피어나는 꽃 같은 나이 가족을 잃었습니다 엄마와 오빠는 석 달 차이로 하늘의 별이 되었습니다. 살아있는 사람들은 먹거리를 구하러 떠나고 떠날 수 없는 사람들은 소나무 껍질을 벗겼지요. 밥을 동냥하는 아이들이 생겨나고 거리에서 죽은 시체를 자주 보았습니다. 직장 출납원 언니도, 이웃집 사람도 거적에 말려 산으로 올라갔습니다 그래도 조국을 지켜야 한다고 어용꾼들이 핏대를 세울 때 살고자 고향을 떠났습니다 미련 남아 몇 번을 돌아보면서 두만강을 건넜습니다

나, 연애도 해야 하고 꿈도 많은 나이, 겨우 강을 건넜는데 국적 없는 사람은 인권이 없다. 인권 없는 사람은 모두 잡아들여 다시 두만강을 건너게 했습니다. 생존에 필요한 최소한 먹을 것도 없는 국가에게 국권은 있습니까? 백성은 수령을 믿고 사는데 갑작스러운 상황에 준비도 못한 국가는 유죄입니까, 무죄입니까?

이제는 떠나는 길을 막지 말아 주셔요 여기저기 떠도는 불쌍한 사람들을 잡아들이지 마셔요 그물망에 걸리는 사람은 힘없는 백성입니다 그들을 희생양으로 삼지 마셔요 떠나는 마음을 붙잡을 수 있나요 옳은 질서를, 옳은 정치를 하셔요 오죽하면 고향을 떠났을까요 어찌 고향을 떠나도록 하셨습니까? 수령님

길 있어도 내 못 가요

산으로도 못 가요
바다로도 못 가요
하늘로도 못 가요

답답타, 답답타
소식이라도 전해다오

새들아,
소식만이라도 가져오나

날개 있으면 내가 날아가지

길 있어도 내 못 가요
내 고향에 내 못 가요

불귀불귀, 영원 불귀
귀향귀향, 영원 귀향

꿈에라도 내 고향 가고 싶네

저 높은 담장 새들은 잘도 넘어가네
이 몸은 날개 없어 못 가네

살아서 못 가면 죽어서는 갈 수 있나
꿈에라도 내 고향 가고 싶네

나 아직 살아 있어요
소식이라도 전하고 싶네

죄인이여요

잊고 싶은데 잊을 수가 있나요
잊을 만하면 터지는 이슈 때문에 잊을 수 있나요
전쟁이라도 할 건가요 전쟁이 무섭지 않나요
고향이 원망스러워요 고향을 숨기고 싶어요
이제는 행복하면 안 되나요
소식도 주고받고 오고 갈 수 있으면 얼마나 좋을까요
시간이 지날수록 남아있는 연민도 그리움도 지쳐가고
있어요
헤어진 길목에서 날마다 멀어지기 전에 이젠 그만하셔요
떠나도 떠난 것이 아닌 죄인이여요

작품 해설

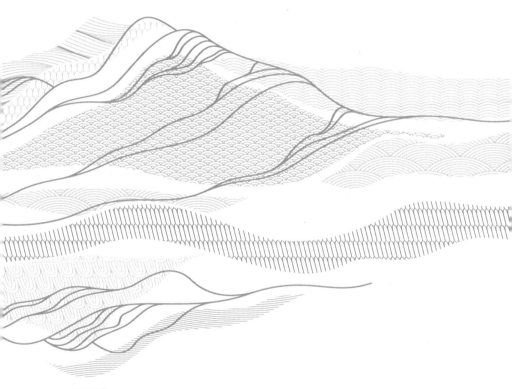

방민호

1965년 충남 예산군 덕산면 출생, 공주와 대전에서 성장, 1984년부터 서울대학교 학부와 석사, 박사 대학원에서 공부. 2000년 가을 박사학위논문 「채만식 문학에 나타난 식민지적 현실 대응 양상」 제출. 2002년부터 국민대학교 국문과 전임강사, 2004년부터 서울대학교 국문과 교수로 재직 중이다. 연구서로는 『한국문학과 일본문학의 전후』(2021, 공저), 『한국비평에 다시 묻는다』(2021), 『탈북문학의 도전과 실험』(2019, 공저), 『최인훈, 오디세우스의 항해』(공저, 2018), 『문학사의 비평적 탐구』(2018), 『이상 문학의 방법론적 독해』(2015), 『일제말기 한국문학의 담론과 텍스트』(2011), 『한국전후문학과 세대』(2003), 『채만식과 조선적 근대문학의 구상』(2001) 등이 있다.

탈북문학에 비친 북한과 한국
―2023년 앤솔로지 수록 소설을 중심으로

방민호

1. 들어가며

연구팀이라기보다는 연구 및 사업팀이라고 하는 것이 더 나을 것 같다. 첫 공동작업 『국경을 넘는 그림자』(2015) 에는 남북한 작가의 작품이 함께 실렸다. 한국 작가로는 윤후명, 이성아, 이청해, 정길연, 방민호, 이평재, 신주희 작가, 탈북작가로는 이지명, 윤양길, 도명학, 김정애, 설송아, 이은철 등의 작품이 실렸다. 소설 앤솔로지였고, 윤후명 작가가 이 가운데 가장 작가 연륜이 깊은 한국 작가였다.

두 번째 앤솔로지는 『금덩이 이야기』(2017)였다. 한국 작가로는 이경자, 유영갑, 박덕규, 이대환, 이성아, 정길연, 방민호, 탈북작가로는 이지명, 곽문완, 윤양길, 도명학, 설송아, 김정애 등이 참여했다. 세 번째 앤솔로지는『꼬리없는 소』(2018)였다. 한국 작가로는 이정, 유영갑, 정길연, 이성아, 방민호, 탈북작가로는 이지명, 도명학, 김정애, 설송아, 박주희 등이 참여했다. 그해에 탈북작가 시선집『엄마 발 내 발』(2018)도 펴냈다. 모두 열네 사람의 탈북 시인들이 작품을 발표해서, 김성민, 김혜숙, 도명학, 박영애, 박주희, 백이무, 설송아, 송시연, 오은정, 이가연, 박수빈, 장길, 주아현, 지현아 등의 44편 시를 수록했다. 네 번째 앤솔로지는『단군릉 이야기』(2019)였다. 탈북작가로는 장해성, 이지명, 도명학, 김정애, 설송아 등이 참여했고, 한국 작가로는 금희, 이정, 이성아, 정길연, 방민호, 신주희 등이 참여했다.

이후부터는 한국 작가들이 참여하는 소설 공동작업은 재원 형편상, 작품집 체제상 어려워졌고, 또한 한국 내의 정치적, 사회적 상황을 고려하여 '북한인권소설집'을 표방하는 대신 북한 사회에 대한 전반적인 소설적 재현을 중심으로 탈북작가들의 작품을 공동 수록하는 형태를 취하게 되었다.

『원산에서 철원까지-북한 작가들의 철도 이야기 소설집 1』(2020)에는 장해성, 이지명, 도명학, 김수진, 김정애, 설송아 등의 작가가 참여했다.『신의주에서 개성까지-북한 작가들의 철도 이야기 소설집 2』(2021)에는 장해성, 이지명, 도명학, 김정애, 설송아 등 다섯 사람의 작가들이 참여해 주었다. 이렇게 방향을 바꾼 소설집으로는 세 번째 앤솔로지가 되는 『해주 인력시장-북한작가들의 지역 이야기 소설집』(2022)에는 김주성, 설송아, 도명학, 이지명 등 네 사람의 작가가 작품을 발표했다.

전체적으로 볼 때 탈북작가들의 작품을 통해서 북한 사회의 인권 문제를 조명하고 나아가 북한 사회의 삶의 모습을 전반적으로 고찰하고자 하는 시도를 담고 있었다. 여기서 한국 작가들과 공동작업을 하는 형태로, 또 전체적인 작품 발표 숫자가 줄어드는 규모로 움직여온 것을 알 수 있다. 이를 위해 가용 예산이 점점 더 축소되어 온 실정이 투영되어 있고, 이에 따라 작가들에게 지급할 수 있는 원고료도 결코 충분치 못했다. 이러한 문학적 작업을 위한 안정적 재원 마련, 또 이러한 작업의 의미와 가치를 고려해서 지원해 줄 수 있는 기관이 있어야 함을 깨닫게 하는 대목이다.

필자가 이러한 작업을 추진해 오는 중에 탈북작가들의 작품 활동은 음으로 양으로 커다란 진전이 있었다고 생각된다. 개인적으로 볼 때 이지명 작가의 장편소설 『철과 흙』(2024), 김정애 작가의 장편소설 『북극성』(2020)이 출간되었고, 현재 계간문학잡지 『맥』의 2023년 가을호에 도명학 장편소설 『박쥐』가 연재를 시작했다. 설송아 작가의 장편소설 『태양을 훔친 여자』(2023)도 필자의 관심권 안에 있다. 김유경 작가의 『인간모독소』(2016)는 필자가 이 한편을 중심으로 탈북문학 문제를 조명한 바 있다.

필자는 또한 탈북작가의 문학을 어떻게 연구할 것인가를 두고 활발하지도, 빠르지도 않지만 연구방법과 방향에 대해 몇 가지 고민을 진척시킬 수 있었다.

그 하나는 탈북문학의 개념 범주와 성격을 둘러싼 것이다. 탈북문학은 반체제문학이요, 저항문학이요, 디아스포라 문학의 의미망 속에서 고찰될 수 있으며, 이러한 고찰은 탈북문학의 문학사적 의미와 가치를 검토하는데 매우 중요하다. 과거 스탈린 치하의 소비에트연방을 경험한 작가들의 비판적 문학이 세계문학사의 가장 중요한 성취들로 기억되고 있음을 의식할 필요가 있다.

한국사회의 복잡한 내부 정치적 상황으로 말미암아 북한 사회의 실정에 관한 비판적 언급은 금기시되어 있지만, 문학이 이 문제를 도외시하는 것은 세계문학사의 맥락, 전통에 비추어 실천적이지 못할 뿐 아니라 비지성적이다. 한국문학 장은 지금 비지성적 상황에 놓여 있다고 하지 않을 수 없다. 탈북문학은 지금 한국문학의 세계적 동시대성의 한 시금석이라 할 만하다.

다른 하나는 탈북문학의 리얼리티, 곧 문학적 성취 여부에 관한 것이다. 북한에서 탈북 현상이 시작된 것은 1990년대 전반기로 거슬러 올라가며 이는 동구권 사회주의의 와해 과정과 맞물려 있다. 탈북자들이 크게 증가한 것은 1990년대 후반이고, 탈북문학 작가들은 대체로 이 시기 이후에 중국을 경유하여 한국에 들어왔다. 때문에 이들의 직접적 북한사회 경험은 1990년대까지에 머무른다. 그러나 그 후 북한사회는 표면적으로는 닫힌 사회지만 이면에서는 상당히 열렸고, 북한 거주민들과 탈북자들 사이에 이러저러한 연락망이 구축되어들 있다. 때문에 탈북작가들의 소설 역시 단순히 과거형은 아니다. 그들은 현재 진행형의 북한 사회 사정에 관심이 깊고 이러한 소재, 주제로 소설이 옮아가고 있다. 요컨대, 탈북작가들의 문학은 그 리얼리티 측면에서 적극적으로 고려되어야 한다.

마지막으로, 탈북문학은 변화하는 북한 사회의 현재적 상황을 심층적으로 고찰할 수 있게 해주는 좋은 매개 역할을 한다. 지난 십여 년 이상 사회학계는 한국문학 작품들, 특히 소설을 동시대 한국 사회에 대한 사회학적 분석이나 사회사적 맥락에서의 현대화 과정에 대한 분석을 가능케 해주는 직간접적 근거들로 활용해 왔다. 여기에는 하나의 방법론적 난점이 가로놓여 있다. 즉, 작가들의 작품은 사회 현상에 대한 단순한 재현이라기보다 그 주관적인 표상화 과정의 산물인 것이다. 이 문제는 쉽게 간과되어서는 안 된다. 북한사회 내부에서 산출되는 작품들은 북한 사회의 '진실한' 재현이 아니라 북한 정권 담당층의 주관적 표상화 의도에 의해 변형, 왜곡된 구성물이다. 이 점에서 이 사회에 비판적 거리를 둔 탈북작가들의 문학은 북한 사회의 실상을 밝히고 현재 진행 중인 상황적 진실을 사회학적으로 이해하는데 더 좋은 자료가 될 수 있다.

2. 이지명 작가의 「어떤 죽음」

이지명 작가는 한국에 들어와 가장 활발한 문학 활동을 벌여온 작가의 한 사람이다. 그는 북한 '망명 펜' 이사장으로도 활동했고, 지금은 지방에 내려가 밭을 일구며 창작 활동에 전념하고 있다. 본래 함경북도 청진 태생으로 고등학교 졸업 후 십 년 동안 군 생활을 했고, 군생활 중에 노동당에 입당, 제대 후 탄광에서 갱장으로 일했다. 그의 소설 창작활동은 한국에 들어와서부터지만 북한에서 이미 다른 장르로 직업적 작가 생활에까지 이르렀던 경력의 소유자다.

그는 지난해부터 올해까지 『철과 흙』이라는 흥미로운 작품을 오랜 출간 준비 과정을 거쳐 발간하기에 이르렀다. 이 소설은 현장성, 사실성 강한 이야기다. 함경북도의 한 탄광지대에서 실제로 있었던 사건을 소설화한 것이고, 작가 경험을 바탕으로 탄광, 광산지대의 삶, 생활상이 아주 '핍진하게' 그려져 있다.

이 장편소설의 창작방법의 하나는, 금방 언급한 사실성, 현장성과 함께, 북한의 정치생활상을 표현하는 어구들을 배제하고자 한 것이다. 그는 탄광지대에서 벌어지는 사건들의 동인을 이념적인 데서 찾는 대신 사랑(정념, 욕망)과 출세욕, 물질적 욕구, 자유를 향한 충동 같은 데서 찾고자 한다. 북한에서의 사회적 삶은 정치기구들과 뗄래야 뗄 수 없고, 작중의 탄광, 광산지대에도 당 위원회와 보위부 등의 존재가 뚜렷할 뿐 아니라 그 구성원들이 중요한 인물들로 등장함에도 그들은 정치적 인간이 아닌, 욕망하는 인간의 모습을 띠고 있다.

이 작품은 욕망하는 인간의 움직임을 추리소설 문법에 실어 전개해 간다는 또 다른 특징을 거지고 있다. 탈북해서 중국에 은신할 때 김성종의 추리소설을 세책점과 도서관에서 빌려 탐독했다고 한다. 이 소설은 그와 같은 독서 경험을 바탕 삼아 '무엇을 어떻게 쓸 것인가'를 깊이 고민한 산물이다.

이 소설은 산 넘어 또 산 또 산이 있듯이 표면에 보이는 사건 아래 어떤 사건이 도사리고 있는지 양파 껍질을 벗겨가는 흥미를 선사한다. 그러면서 북한 체제의 비인간적 측면, 평등주의의 이면에 작동하는 불순한 욕망의 존재를 드러낸다. 이 소설은 평등주의의 외피 아래 번성하는 특권계급의 전횡과 인민의 고통을 '원한과 복수'의 전통적 소설 모티프와 추리소설 문법으로 흥미 있게 풀어낸다.

단편소설 「어떤 죽음」은 이와 같은 장편소설의 맥락 속에서 한 제대 군인을 둘러싼 참극의 전말을 밝힌다. "2023년 4월, 함경북도 어랑군 읍에서 범죄자가 쏜 총에 맞아 네 명의 보안원이 사망하는 사건이 터졌다."라는 첫 문장은 이 소설의 '실화적' 의장(意匠)을 단적으로 시사한다. 사건의 전말은 다음과 같다.

대체 무슨 얽힌 사연이 순식간에 네 생명을 빼앗게 했는지, 처음엔 군 보안서 구류장 쪽에서 두 방의 총성이 울렸다. 구류장에 들어온 보안서원의 총을 빼앗아 즉각 두 서원을 사살한 범죄자는 열린 문으로 탈출해 인근의 건설 중인 아파트 건물 안으로 들어갔다. 비상이 걸린 보안서는 인근 공항에 주둔한 군대까지 동원해 겹겹이 건물을 포위하고 죄어들었다. 그러나 이성을 잃은 범죄자에 의해 다시 두 명의 보안서원이 사살됐다. 이어 울린 마지막 총소리는 살인자가 스스로 생명을 끊는 자결의 총소리였다.

　일단 살인난동 사건이 벌어졌으므로 범인의 정체를 밝히는 것이 순서일 것이다. 화자는 손쉽게 범인의 이름을 알린다. 박철영. 그는 자기 집에 자기 행위의 이유를 밝힌 노트를 남겨 놓았고, 한 여인이 한밤에 집에 잠입하여 노트의 사연을 읽게 된다.
　액자소설의 안 이야기는 그러므로 범인 박철영의 짧은 수기로 구성된다. 그는 25년 전, '고난의 행군'이 한창이던 1998년에 출생했다. 극한상황에서 꽃제비 무리에 섞여 성장한 그는 홀아버지 부친에게서 "대대로 나라를 위해 몸바친 열사 집안"이라는 호소를 들으면 자란다. 이런 그는 군대에 가면서 갑자기 호위국 소속으로 근무하게 되는데, 이는 예기치 못했던 행운이다. 그는 충성심을 가슴에 새기고, 또 친위대원으로까지 승격되는 영광을 누린다. 그러나 하루아침에 조기 제대를 당하게 된 그는 영문을 모르고 고향의 청진공항 활주로 보수작업반이라는 초라한 직책에 떨어지고 만다. 어째서 이런 일이 일어나게 된 것일까?

이 소설은 비밀에 붙여진 경위가 밝혀지게 된다는 점에서 추리소설 문법을 가진 작품이다. 이 점에서 장편소설 『철과 흙』에 통한다. 이 경위 한가운데에는 주인공과 형과 주인공을 사랑했던 여성 은주의 '삼각관계', 아니 철영을 사랑한 은주를 폭력으로 집어삼킨 형 철수의 비밀이 가로놓여 있다. 이 형에 대한 원한으로 은주는 그를 '반체제 발언 유포자'로 당국에 고발했던 것이다.

이 소설은 체제 비판적인데, 그 방식이 특이하다고 할 만하다. 여기서 작가는 노동당에 선발되어 "쑥대에 올라앉아 우쭐대는 민충이"의 자신감과 충성심에 들떠 있던 철영의 "정치적 생명"과 그 철영을 꽃제비 시절부터 순정을 바쳐 사랑해 온 은주의 '사랑의 생명'을 날서도록 대립시킨다. 은주의 사랑은 처음부터 무조건적이고, 고난의 행군 시절의 '꽃제비' 시절부터 오염되지 않고 지켜져 온 것이라는 점에서 철영에 의해 하루아침에 버려지는, 체제를 향한 충성심과는 완전히 다른 의미와 가치의 것이다.

3. 김유경 작가의 「하얀 별똥별」

김유경은 필자가 그의 장편소설 『인간모독소』를 대상으로 작품론을 썼던 작가다. 『인간모도독소』는 북한의 알려지지 않은 정치범 수용소를 전면적으로 그린 작품이라는 점에서 다른 어떤 탈북작가 작품보다 논의의 가치가 있었다. 탈북문학이 반체제문학이자 저항문학일 수 있다면 그 가능성과 현재의 성취의 정도를 가늠케 해주는 작품이 바로 『인간모독소』였다고 할 것이다.

북한에는 현재 외부 세계에 공개되지 않은 정치범 수용소가 많이 산재해 있는 것으로 알려져 있다. 이 정치범 수용소는 전체주의적 사회주의 체제에서는 그 내력이 유구한 것으로, 이를 고발한 솔제니친의 『수용소 군도』(ArkhipelagGulag, 1958~1967)는 어떻게 그 시대에, 그 체제적 환경 속에서 그와 같은 증언문학이 가능할 수 있었는가 놀라울 정도의 치밀한 조사와 방대한 분량을 갖추고 있다. 그는 일찍이 편지에서 스탈린을 비판했다는 죄목으로 8년 동안 수용소에 갇혀 있었고, 또 3년 동안을 유형소를 전전해야 했다. 그는 이 경험과 비밀스러운 자료 수집을 바탕으로 '수용소군도'라는 제목의 비허구 증언문학을 발표했고 이것은 노벨문학상을 받기까지 한다. 이 작품은 사회주의 체제에 산재하던 수많은 수용소들의 존재, 그 속에서 벌어지는 야만적인 감시와 억압, 처벌에 대해 너무나 상세한 고찰을 행한다. 소설의 개념 확장에 일조한 이 비허구적 소설의 시작 부분은 다음과 같다.

꼴리마는 <수용소>라는 불가사의한 나라의 가장 크고 가장 유명한 섬이며 잔혹의 극지이기도 했다. 이 나라는 지리적으로 보면 군도로 산재해 있지만, 심리적으로는 하나로 결합되어 대륙을 형성하고 있다. 거의 눈에 띄지도 손에 잡히지도 않는 나라—바로 이 나라에 수많은 죄수들이 살고 있었던 것이다. 이 <군도>는 전국 방방곡곡에 점점이 얼룩져 산재해 있었다. 이 군도는 여러 도시로 파고들기도 하고 거리 위에 낮게 도사리고 있기도 했다. 대부분의 사람들은 그 사실을 어렴풋이 듣고 있었으나, 어떤 사람들은 전혀 그런 것을 짐작도 하지 못했다. 오직 그

곳에 다녀온 사람들만이 그 실정을 알고 있었던 것이다.

그러나 그들마저도 <수용소 군도>에서 말하는 능력을 상실 당했는지 한결같이 모두 침묵만을 지켜 왔다.

(솔제니친,『수용소 군도』1, 김학수 역, 열린책들, 2017년판, 10쪽)

군도란 떼 지어 있는 섬들을 가리키는 말이다. 구소련에는 전국에 걸쳐 군도를 이루는 섬들이 산포되어 있었다. 북한에서 정치범 수용소는 그 숫자와 규모가 정확하게 밝혀져 있지 않지만 북한 체제의 비인간적 속성을 대표하는 국가 기구임에 틀림없다. 김유경은 이 정치범수용소 문제를 '북한소설', 탈북소설로서는 가장 극명하게 밝혀준 작품이었다.

「하얀 별똥별」은 김유경 작가의 여성작가다운 섬세한 감각이 두드러지는 단편소설이다. 이 이야기는 한 소년의 시각을 빌려 고난의 행군 시절에 기아로 어머니를 잃고 북한을 탈출해 나와야 했던 한 부자의 이야기를 전달한다.

사범대학 교수를 아버지로 둔 소년은 고난의 행군 시대가 닥치면서 시작된 가족의 수난과 어머니의 죽음으로부터 아버지에 대한 적대감, 거리감을 안고 중국을 거쳐 한국으로 입국하고 있다. 소년의 눈에 비친 아버지는 고난의 행군 시대에 어머니의 일방적인 희생 위에서 평온한 삶을 유지한 데다 탈북 이후 중국에 은신하면서는 어머니를 배반하고 다른 여성과 육체 관계를 맺는가 하면 한국에 입국해서도 북한에서처럼 대학교수로서 무사안일한 삶을 향유하고 또 다른 탈북 여성과 연애를 하기까지 한다.

이 소설은 교과서적인 무지와 깨달음의 플롯을 보여준다. 현진건의 「운수 좋은 날」이 운수가 그날따라 좋은 줄만 알았던 김첨지가 결말 부분에 이르러 아내의 죽음이라는 불행을 깨닫게 되는 것과 같다. 작중 소년은 북한에서와 마찬가지로 한국에 와서도 무사안일한 삶을 영위하는 줄만 알았던 아버지가 사실은 세상을 떠난 어머니를 한없이 안타까워하면서 아들을 위해 용접 일에 야간작업도 불사하는, 북한에서와는 완전히 다른 삶을 살아왔음을 깨닫게 된다.

이 소설의 특이점은 주인공 소년의 부친이 공사장의 낙상사고로 세상을 떠난다는 결말을 설정한 데 있다. 이로써 탈북문학의 주제가 북한체제 비판과 북한 체제로부터의 '탈주', 한국으로의 입국 같은 국면들을 그리는 데서 더 나아가 한국에서 '살아남기'를 다루는 쪽으로 옮겨질 수 있음을 시사해준 것이다. 이 문제는 한국 사회가, 북한 사회의 극단적 전체주의에 비해 물론 현격한 체제적 '우월성'을 보여준다 해도 결코 유토피아도, 충분한 복지국가도, 노동 친화적인 사회도 아니라는 사실을 환기하게 한다.

4. 김정애 작가의 「가위손」

김정애 작가는 탈북작가 가운데 여성작가의 섬세한 감각과 정서를 가장 잘 묘출해 보이는 작가다. 이 작가의 장편소설 『북극성』에 대해서는 아직 논의를 하기 어려운 상태이지만 지난 수 년 동안 이 작가가 발표한 단편소설들은 고난의 행군 시대의 북한 여성들의 고통스러운 상태를 서술적 가감 없는 장면적 묘사의 간결한 필치로 전달하는 수완을 보인다.

이 작가의 소설들 속에서 기아의 고통 속에서 북한 여성들은 김유경의 「하얀 별똥별」에 나오는 대학 교수의 아내 소년의 어머니처럼 채소장사든 뭐든 장마당에 나가 가족의 생계를 책임지면서도 전근대적 가부장 사회의 '지어미'의 미덕을 지켜나가는 존재들로 등장한다.

「가위손」은 이러한 여성주인공과는 다른 주인공을 그려

내고 있어 각별한 관심 대상이 된다. 이 소설의 첫머리는
그 이전과는 다른 작가적 의도를 둘러싸고 호기심을 자아
낸다.

요즘 따라 미화는 머리단장에 더 신경을 썼다. 여느 간
부집 아내들처럼 고급향수를 치고 비싼 화장품을 바르지
않아도 머리단장만큼은 우아하게 하고 싶었다. 자기 어머
니가 단연 공화국 최고의 미용사라는 달래의 말에 귀가
솔깃했다. 평양에서도 한다하는 미용실을 다 다녀본 미
화는 만약 마음에 안 들면 다시 창광원 미용실에 가면 된
다는 생각으로 떠났다. 고아였던 달래가 평양에서 살기까
지의 소설 같은 이야기는 여러 번 들었으나 집으로 초대
받기는 오늘이 처음이다.

여기 미화와 달래라는 두 여성이 모습을 나타낸다. 미화
는 새로운 시대의 여성이다. 그녀는 "머리단장"에 신경을
쓰는데, 이는 "여느 간부집 아내들"과 달리 "머리단장"에
만 신경을 쓴다는 표현에서처럼 그 자신의 개별자적 특성,
그 아름다움에 천착하는 인물임을 의미한다. 다른 속류의
"간부집 아내"들이 고급향수를 치고 비싼 화장품을 바르

는 것과 달리 그는 단지 머리에만 신경 쓰되, 이 머리단장에만큼은 까탈스러운 완벽성을 기하는 여성인 것이다.

이 미화의 특별한 계급적 지위는 어려서 지방공장 간부인 부모를 둔 데다 평양예술단에 뽑혀 올라왔던 것, 예술단 가수로 명성을 떨치다 당 간부 남편을 만나 서둘러 결혼, 평양 사람이 된 것으로 미루어 짐작할 만하다. 지금도 미화는 남편을 따라 빈번하게 외국여행을 다닌다는 것으로도 확인된다.

이야기는 이 미화가 시골에서 만났던 어린 시절의 친구 달래(경실)를 찾아가는 쪽으로 옮겨간다. 평양은 북한의 특별 구역이다. 오로지 까다로운 자격 조건을 충족시키는 사람들만은 특별시민으로 수용한다. 미화는 이 특별도시의 자격 당당한 구성원이다. 그러나 달래는 어떻게 해서 사리원에서 부모 없이 할머니 손에 길러지던 신세에서 평양 시민으로 격상될 수 있었단 말인가?

사리원 시절에 달래라는 별명으로 통하던 경실의 아파트 집은 17층에 있다. 비록 정전 빈번한 아파트지만 고층 아파트의 풍경은 우리가 익히 알던 북한의 생활 풍경과는 사뭇 다르다. 경비원이 있는 아파트를 경실의 안내를 받아 올라가면서 미화는 의거 입북했다는 "남조선 사람"을 만나기도 한다. 친구의 집에 들어간 미화의 눈에 들어온 것은 낯선 풍경, 벽에 걸린 '조국통일상'들과 그 수혜자들의 이름이다. 지금도 남쪽에서 조국통일 사업에 매진하고 있다는 경실의 친척들의 이야기를 뒤로 하고 경실의 어머니가 집에 들어선다. "인자하고 부드러운 인상"을 가진 그녀는 남파되었다 돌아온 여성 같지 않다. 이러한 그녀의 본색은 경실의 오빠가 뜻하지 않게 보위부원들에게 어디론가 끌려가 버린 뒤 경실마저 체포되어 가려던 순간에 드러난 바 있다. 변장을 벗은 그녀는 "적국에서 30년 세월을 참고 견뎌낸 순임" 바로 그녀였다. 그녀가 남쪽에서 혁명 사업에 매진하던 사이에 아들딸을 잘 키워준다는 국가는 그녀의 아들을 총살시켜 버렸다.

갓 대학을 졸업한 연구원들과 함께 남한 드라마를 본 것이 불행의 화근이었다. 게다가 연구실을 집합장소로 제공하고 적대국의 영상물을 보관한 것이 영상 유포의 두목으로 된 것이다. 자기주장이 강했던 젊은 연구사를 살려두면 그를 따르는 신세대의 사상결집도 결코 무시할 수 없었던 것이다. 한발만 늦었다면 남은 딸도 어찌 되었을지 모른다는 사실에 순임은 저도 몰래 몸서리쳤다. 아들딸이 아니라면 돌아오는 것을 몇 번이나 포기하려 했던 그녀다.

이 소설의 묘미는 아이러니의 구조에 있다고 할 것이다. 어머니는 아들딸을 조국에 맡겨두고 '남한'에 파견되어 혁명사업에 매진하는 사이에 그녀의 아들은 비록 북한 당국의 보호 아래 연구사로까지 좋은 길을 걸었지만 다른 연구원들과 함께 남한 드라마를 보았다는 죄목으로 처형당하고 말았다는 것이다. 젊은 연구사와 그를 따르는 신세대의 "사상결집"을 경계해서 혁명가의 아들임에도 처형하고 말았다는 사실에서 북한 체제가 추구하는 '조국통일사업'이며 혁명의 어두운 미래를 손쉽게 엿볼 수 있다는 것이며, 그러는 사이에 사실은 북한 체제 자체가 내부로부터 '무너져 내리고 있다'는 것이다.

작가의 이러한 메시지는 미화를 중심으로 간결하게 묘사된 평양의 당 간부 가족, 그 특수계급의 사치와 향락, 무감각과 남한된 파견된 순임 여인의 심적 갈등("아들딸이 아니라면 돌아오는 것을 몇 번이나 포기하려 했던 그녀다"), 경실의 오빠로 대표되는 북한의 새로운 세대의 한국문화 '감염' 유행 현상 등을 통해서 일종의 '전형화'를 보여준다고 할 만하다.

5. 도명학 작가의 「함흥역에서」

도명학 작가는 북한의 혜산 출신으로 김일성대학을 중
퇴한 경력을 가지고 있으며, 필자가 직접 들은 바에 따르
면 혜산에서의 작가 수업 당시 일제 강점기의 시인 백석을
직접 만나기도 했다.

필자는 백석의 후배 겸의 시인 김조규를 따라 혜산 근교
로 가을 보급투쟁을 나갔다 돌아오던 길에 백석을 만났었
다는 그의 전언을 토대로 「삼수갑산」이라는 백석의 말년
의 이야기를 쓸 수 있었다.

1912년 7월 1일 평북 정주 태생의 백석은 북한에서 『아
동문학』 1962년 6월호에 「이솝과 그의 우화」라는 짧은 소
개 글을 쓴 것을 마지막으로 공식적인 문필 활동을 접은
채 양강도 삼수군 관평리에서 수십 년을 보내다 1996년 1
월 7일 세상을 떠난다.

「이솝과 그의 우화」는 아주 의미심장한 글이다. 이 글
은 백석이 자신의 향후의 태도를 시사한 일종의 암시라
고 필자는 해석한다. 노예였던 이솝을 그 주인이 시험하려
한다. 워낙 지혜가 뛰어나다는 소리를 듣고 있던 이솝이
다. 주인이 이 세상에서 가장 귀한 물건이 무엇인지, 그것

을 가져와 보라 한다. 그러자 이솝은 짐승들의 혀를 모아다 드린다. 놀란 주인이 그 까닭을 묻자 이솝은 세상의 좋고 나쁜 것, 나라가 어지럽고 평온한 것이 모두 혀에 달려 있지 않느냐고 한다. 주인이 다시 그렇다면 세상에서 가장 나쁜 물건을 가져와 보라 한다. 이야기의 원리에 따라 이솝은 다시 짐승들의 혀를 모아다 드린다. 그 까닭을 묻는 주인에게 이솝은 세상의 모든 언짢은 일들이 다 혀에서 생겨나는 것이라 한다.

혀는 말이며 글이다. 백석은 이후로 공식 지면에 글을 발표하지 않는데, 그렇다면 이 짧은 이야기에 백석의 깊고 굳은 생각이 담겨 있었다고 보아야 하지 않을까?

도명학 작가는 필자가 알고 있는 탈북작가들 가운데 북한에서 작가적 수업을 제도적으로 받은 몇 안 되는 사람이다. 그는 북한에 있을 때 시를 썼다 하지만 그 소설 문장은 문학 수업의 자취를 느끼게 한다. 그가 펴낸 창작집 『잔혹한 선물』(푸른사상, 2018)에 수록된 단편들은 그가 문체적 측면뿐 아니라 풍자와 해학을 중심으로 하는 수사학적 장치에 능숙한 사람임을 말해준다. 필자는 그와 함께 하는 작업들을 통해서 그의 단편소설들에 거의 예외없이 풍자적 장치가 폭넓게 활용되어 있음을 확인하곤 했으며, 이는 「거미줄 철도」(신의주에서 개성까지―『북한 작가들의 철도 이야기 소설집 2』(예옥, 2021) 같은 수작에 아주 여실하다.

이번에 이 책에 수록되는 단편소설 「함흥역에서」는 북한 사회에 고질적인 경제적 혼란과 무질서와 권력 집단의 부패를 일목요연하게 그려내고 있다. 이 소설의 주인공은 평남 순천의 시멘트공장에 다니는데 어머니가 아프시다는 소식에 쌀을 메고 고향 장진으로 가기 위해 함흥역에서 기차를 갈아타려 한다.

작중에 나타나는 함흥은 흥미롭다. 이 함흥의 독특한 지역색을 작가는 다음과 같이 그려낸다.

게다가 드세기로 소문난 함흥 얄개들 아닌가. 텃세는 또 어떻고, 뭐든 함흥이 최고여야 한다는 '함흥 제일주의'는 뿌리 깊은 근성이다. 죽으면 죽는 거지 지고는 못 살며 꺾이면 꺾였지 굽히지는 못한다는 함흥, 그중에도 이놈들은 날도둑이다.

탈북작가들, 또 북한소설들은 로컬리티(지역성)과 문학이 어떤 관계를 맺는가를 생각하게 해주는 좋은 '재료'들이라고 할 수 있다. 위의 인용문이 보여주듯이 함흥 사람들은 세다. 어디나 장단점이 있지만 함흥은 옛날부터 관북지

방의 중심지이고 그래서 그런지 이 소설에 등장하는 함흥 사람들은 드세고 본인들이 제일이라는 생각을 품는다.

이러한 함흥에 도착해서 만성적인 철도 지체 현상으로 장진해 기차를 기다려야 하는 주인공에게 찾아드는 함흥역 주변의 왈패들, 그리고 규찰대를 표방하는 자들, 안전원(경찰)은 특히 외지인들을 상대로 불법적인 폭력을 행사하거나 속임수로 이득을 취하려 한다. 한밤의 소용돌이를 거쳐 주인공의 쌀은 결국 그 지역 먹이사슬의 꼭지점이라 할 안전원에 의해 빼돌려져 다음날 장마당에 내놓아진다. 이 광경을 목도한 주인공은 함흥으로 압축되는 북한 사회를 다음과 같이 진단한다.

기는 도둑 위에 뛰는 도둑이 있고 뛰는 도둑 위에 나는 도둑이 있는 곳. 그러고 보면 나는 기는 도둑일 뿐. 내 위에 뛰는 도둑, 나는 도둑한테 먹히는 건 당연할 수밖에. 해는 떠도 낮이 없고 달이 떠도 빛이 없는 함흥역 25시는 이러했다.

이와 같은 "함흥역 25시"는 경제적 어려움에 직면해서 각자도생을 위해 법 위에서 살아가는 북한 주민들의 실상

그것이라 하겠다.

필자는 북한이 산악 지형이 우세한 형편상 일찍부터 철도교통이 발달해 왔던 점, 철도 연변을 중심으로 사람들의 삶의 모습이 전형적으로 드러날 수 있다는 점, 북한의 경제적 혼란과 어려움이 철도를 중심으로 더욱 특징적으로 표현될 수 있다는 점 등에 주목하여 이른바 '철도소설'이라는 소재 중심의 하위 장르 개념을 중심으로 탈북문학의 가능성에 대해 고려해 볼 것을 제안한 바 있다. 「함흥역에서」는 그와 같은 개념 범주의 유용성을 시험해 볼 수 있는 또 하나의 작품일 것이다.

6. 나가며―위영금 시인의 시들과 함께

이 앤솔로지가 어째서 소설들만으로 구성되어 있지 않고 위영금 시인의 시 열 편을 함께 수록하고 있는지에 대해서 간단히 설명해 보고자 한다.

한국문학에서도 그렇듯이 소설보다는 시가 더 쉽게 접근할 수 있는 문학 양식이라 할 수 있다. 탈북문학과 관련해서 필자는 소설가들과 더 많이 관계해 왔지만 시인들의 존재와 가능성 모두를 믿고 있다.

위영금 시인은 그러한 탈북 시인들 가운데 필자가 다소 일찍 알게 된 시인이며, 그 목소리의 진정성 면에서 앞으로 공동의 문학 작업이 소설뿐 아니라 시를 포괄하게 될 것을 보여주는데 손색이 없는 것으로 생각했다.

이 앤솔로지에 위영금 시인의 시 열 편을 초대했다. 「어버버」, 「키스」, 「부끄러워 마셔요」, 「착한 당신」, 「다시 만나자는 거짓말」, 「당신 누구에요」, 「어찌 그리하셨습니까 수령님」, 「길 있어도 내 못가요」, 「꿈에라도 갈 수 있나」, 「죄인이여요」 등이다.

이 시들 가운데 필자가 우선적으로 주목하게 되는 것은 이 시인이 탈북민들의 심경세계를 대변하고 또 그들을 위로하는 시들이다.

산으로도 못가요
바다로도 못가요
하늘로도 못가요

답답타 답답타
소식이라도 전해다오

새들아

소식만이라도 가져오나

날개 있으면 내가 날아가지

길 있어도 내 못가요
내 고향에 내 못가요

불귀불귀 영원 불귀
귀향귀향 영원 귀향

—「길 있어도 내 못 가요」, 전문

이 시는 소월의 시 「산」의 "불귀, 불귀, 다시 불귀 / 산
수갑산에 다시 불귀"의 절창을 떠올리게 한다. 필자는
월남작가들의 문학을 '고향상실의 문학'이라고 정의했
었거니와, 이념보다 더 근원적인 것은 바로 이 "불귀불귀
영원 불귀 / 귀향귀향 영원 귀향"의 회귀열에 있을 것이
라 생각한다.

부끄러워 마셔요 힘 없는 당신 지금까지 살아있는 것만

도 기적이에요 이제 당신 매력을 드러내셔요 숨지 말고 당당히 앞으로 나오셔요 당신은 멋지고 아름다워요 누가 당신에게 돌을 던지나요 정조를 짓밟은 사람들은 정조를 지키라고 말하지요 정조는 누구 것도 아니에요 자신 것이죠 지조를 얻기 위해 정조를 지킬 필요는 없어요 울음은 세상에 던지는 질문이죠 눈물 많은 당신 *부끄러워 마셔요.*

—「부끄러워 마셔요」, 전문

이 시 「부끄러워 마셔요」가 어찌 여성들만을 향한 것이라 하겠는가? "정조"라는 시어로 상징되는 것이 어찌 여성들만의 것이리냐고 필자는 생각한다. 살아남기 위해, 살아가기 위해 사람들은 탈북민뿐 아니라 한국의 그 누구라도 자신의 순수를 바치기를, 희생시키기를 감내해야 한다. 그러지 않고도 능히 살아갈 수 있다면 그는 영웅 이상의 존재이지 않으면 안 되리라.

탈북문학은, 그러므로 체제 비판만의 문학이 아니요, 인간 삶의 근원이 어디 있는가를 묻고 또 어떤 회복을 추구하는 문학이 되지 않을 수 없을 것이다. 모든 문학은 어떤 특수를 초극해서 보편에 이르는 고민과 탐색의 길이 아니지 않을 수 없다.

탈북작가 공동 창작집
–우리가 생각하는 지금 북한 2023

당신은 지금 어디에 있나요?

초판 1쇄 인쇄 | 2024년 1월 22일
초판 1쇄 발행 | 2024년 1월 29일

지은이 | 이지명, 김유경, 김정애, 도명학, 위영금
진행 및 편집 | 김민지 · 장윤정

펴낸곳 | 예옥
펴낸이 | 방준식
등록번호 | 제2021–000021호
주소 | 서울시 은평구 불광로 122–10, 3403동 1102호
전화 | 02) 325–4805
팩스 | 02) 325–4806
이메일 yeokpub@hanmail.net

ISBN 978-89-93241-83-9 (02810)